Scatti

P 16 …

…CLA!

130 ERRORI?

166 parole saltate!

168 meglio della falce e martello

USALA!

176 Paura

I edizione marzo 2011

Via Isonzo 34, 00198 Roma


ISBN 978-88-6192-174-0

info@elliotedizioni.it
www.elliotedizioni.com

Gianni Miraglia

# MUORI MILANO MUORI!

elliot

*A Tina*

*Il giorno che Darby Crash si è ammazzato giocavo a ping pong con Fabio S. e perdevo. Me ne ricordo perché alla radio diedero notizia che Lennon era stato ucciso. Avevo quattordici anni. La sera che Elvis è morto invece ricevevo il modellino della corazzata inaffondabile da mio padre, appena tornato dall'America. Ricordo pure che quella notte mi sono guardato in mezzo alle gambe, per vedere come andava. Avevo dodici anni.*

# Prologo

## Milano. Qualche mese prima

La folla a stomaco vuoto dell'ora di pranzo straripa da corso Vittorio Emanuele, tutte le vite da lontano ti sembrano inchiodate alle abitudini, quei mini-orti della serenità giorno dopo giorno.

Intanto la specie di modella bionda magra alta alta che passa vicino dice al suo amico mediorientale di un kebab appena aperto sotto casa e in quel momento sembriamo un paese moderno ed evoluto.

Milano e tutto il resto che succede e che non è mai troppo riferito a te. Milano, oltre le dozzinali recriminazioni già sentite, su persone che pensano ai soldi e al Suv. Chi si lamenta vuole avere, ti guarda in tasca e suppone una vita migliore.

Sempre Milano, l'eterogenea metropoli in cui ricchi e poveri s'inseguono e si emulano a vicenda.

Non vedi l'orizzonte, appena arrivi nella città senza il bello attorno. Luci in fila, sopra la testa di chi cammina ancora veloce, alla ricerca di un dopo speciale e imperdibile sempre dietro l'angolo.

# 30 giorni di Expo

[illegible]

# 30 giorni all'Expo

## 1
## *Noi non ci saremo*

Capiterà ancora che qualcuno perda il lavoro, c'è sempre più gente che parla da sola e rovista nella spazzatura. Le premesse mi vengono naturali, devo spiegare a Pietro Koch che ci vuole poco ad ammalarsi di depressione, magari pure per una certa predisposizione.

Gli sto raccontando dei miei primi mesi da disoccupato, di quanto è stato faticoso adattarmi a una quotidianità sparita e senza un dopo, come se mancassero le istruzioni per i casi d'emergenza. Facile dire che uno deve reagire e farsene una ragione, come avevo sempre pensato di quelli caduti prima di me. Tutto vacilla, lo scenario che dai per scontato ogni giorno, quelle abitudini confortevoli e soffocanti che però senti dovute. Ho accettato comunque l'incidente, mi sono comportato come un comandante che affonda con la nave, senza sperare che qualcuno mi tendesse la mano. La solidarietà è un'aspettativa a breve scadenza.

Anche Pietro Koch rientra nell'indice di disoccupazione e non ho da insegnargli niente. Il suo vero nome sarebbe Pietro Coccoreddu, quasi come l'ex-calciatore, ma per tutti quelli che lo conoscono è da sempre Pietro Koch, pseudonimo, soprannome o nickname nato per le sue abitudini e stile di vita. Ci tiene a specificare la kappa iniziale e l'acca finale. Ci sta che lui si sia germanizzato il cognome, andava allo stadio e ha fatto degli incontri professionistici in una di quelle discipline da gladiatore nella penombra, in cui si sanguina e ci sono tante ragazze ad applaudire e incitare al dolore.

Restiamo bloccati, mentre la fila interminabile di manifestanti scorre e prosegue. Tutti insieme, un fiume di persone che inondano la via, vanno avanti senza voltarsi. L'umanità esclude chi non prova a tirarsi su.

Io e Pietro Koch spettatori involontari, schiacciati tra la folla che non si sorprende dell'ennesimo sciopero.

Ci sono dimostrazioni ogni due giorni, il ritmo di un paese che non esce dalla crisi, nonostante l'illusione del rilancio mai avvenuto ad opera delle nuove forme di energia e tutte le stronzate dette in questi anni. Da una parte i cattivi e dall'altra le vittime che resteranno vittime, tutto diventa routine e nessuno grida dalle viscere, neppure se sta per schiantarsi. Sì, la gente in fila protesta, ma è una cornice.

Se li seguissi, pure io potrei ascendere alla figura esemplare del manifestante, individuo collettivo che si batte per i suoi diritti.

Io e Pietro Koch ci spostiamo, facciamo passare. Sfilano, onde che però non travolgono, sono gli oppressi del sistema a cui hanno dato l'assenso e ora che gira male vorrebbero iscriversi al club vincente.

Chi ha le idee così chiare da scendere in piazza deve invocare la distruzione, rispondo a Pietro Koch che ce l'ha coi politici. Dice che almeno gli onorevoli gobbi di quand'era piccolo inibivano suo padre, già solo per l'uso del congiuntivo e quei modi da preside, e che oggi parlano a tu per tu, senza cravatta e con gli orecchini, per piacere ai più giovani. Ora hanno spazio quelli che proclamano di essere sempre stati contro e fanno del moralismo sulle ragazze che svuotavano i coglioni ai potenti, per un futuro bello e veloce nella tv, quelle che ora chiedono pietà per i loro trascorsi scosciati tra festini, Cialis e dentiere. Invece le nuove ambiziose di regime sono diverse, niente più tacchi e minigonne, si esibiscono come simulacri corretti ed evoluti di fascino e personalità comprovata da una certa cultura e preparazione, vale anche la conoscenza di due o più lingue.

Dico a Pietro Koch che l'Italia si meritava un processo di Norimberga con quarant'anni di cortina di ferro, grigio e linoleum a testa bassa come nella Ddr e invece siamo rimasti un paese alla zuava dove si parla ancora di Mussolini, considerato tra l'altro grande statista. Non è bastato sceneggiare piazzale Loreto, neanche il lancio della democrazia bubblegum. E chi stava ai piani alti ha mantenuto egemonie e potere, alimentando mitologie sul sangue dei morti ammazzati nella guerra civile e dei grandi lavoratori artefici della ricostruzione, un passato corretto in cui perpetrare ricchezza e corruzione.

Dico a Pietro Koch che da noi ci sono sempre i motivi per non dimenticare e che i nostri nipoti saranno i nuovi arrabbiati.

Pietro Koch non mi può sentire perché i manifestanti battono le mani sull'antico inno delle risaie. Ci sono anche i neotrendy rivoluzionari coi capelli lunghi, creste colorate, dreadlocks e barbe incolte, la strafottenza dei giovani che si sentono in tanti e inarrestabili. Alcuni sorreggono le fotografie dei calciatori della nazionale argentina del '78, Kempes, Tarantini, Luque, quelli che sfidavano i generali. Percuotono i bidoni sulla musica forte dalle casse sopra l'Ape, basi africa e bassi giamaicani, altri minacciano il cielo con le bombolette di pittura rossa, ma non più come quelle frange estremiste che attaccavano e distruggevano. Sedati dalle nuove frontiere della democrazia, semplicemente accusano e sberleffano.

La coreografia capellona funziona, visto che Pietro Koch si è fermato e sputa vicino a uno che fa il ballo da drogato e che ha la scritta *Bob Marley-Exodus-Skatalites* e colori africani sulla maglietta.

Pietro Koch è insofferente con chi ora si atteggia a coraggioso e condanna la metà del paese che prima era schierata col più forte, quelli che hanno sognato più soldi e meno tasse e che adesso stanno cadendo in disgrazia. Pietro Koch mi alita in faccia parole che sanno di Redbull e cipolle, la sua nerboruta esistenza ora mi viene bene, è l'unica persona che frequento in questo periodo di nulla davanti.

Dal licenziamento non ho più cercato nessuno della mia specie. Quelli con cui mi vedevo ogni tanto non li ho proprio più chiamati e neanche loro si sono fatti vivi. Pietro Koch è diverso.

Adesso sfilano i suoi manifestanti preferiti: gli uomini coi vestiti di tutti i giorni che sono stati abbandonati agli artigli della vecchiaia. Sullo striscione c'è spiegato che sono brave persone, con pochi anni alla pensione e allora ancora più dignitosi e onesti, eroiche vittime di quei trenta quaranta anni di sacrifici che hanno snidato e appiattito sogni e aspirazioni. Non te ne accorgi, il tempo passa per tutti, il rispetto è dovuto per quelle esistenze così quadrate, unite e inconfutabilmente dalla parte di chi è nel giusto. Ci saranno ancora le vittime dei potenti, mio padre mi ha sempre chiesto se mi davano i contributi. Quelli che sfilano ora sono la gente, anche Pietro Koch è la gente perché deve mantenere la madre anziana e malata, accudirla e pagare una badante per quando lui non è a casa.

Loro hanno sempre incolpato gli ambiziosi come me, incapaci di sacrificarsi per gli altri, ancora più falliti per non essere riusciti a procreare. Ogni volta devo sforzarmi per adeguarmi al dolore altrui e sentirmi anch'io parte del corpo sociale. Avevo un'occupazione basata sulla vanità e allora metti in preventivo la fine improvvisa, ognuno deve fare i conti con cosa rimane di sé.

Un nuovo strato di manifestanti a una decina di metri, senti prima i loro passi scanditi, testosterone di categoria, quelli come me non sono in grado di trasmetterlo. Loro invece restano compatti e marciano sempre insieme, i manifestanti più importanti, cassaintegrati delle acciaierie di cui si parla da mesi. Il loro dramma viene compreso e narrato, la fabbrica chiude e si trasferisce nell'Est, dove la manodopera costa di meno. Le loro scarpe anti-infortunio, provate dalle notti a sessanta gradi. Suole d'acciaio, i fanti di Hitler questa volta hanno ragione, applausi e morale catodica, tutti hanno leccato il culo agli operai, dai politici agli industriali, dai dittatori ai preti. Anche le loro compagne li rispettano, soprattutto nel momento della sconfitta, nei servizi giornalistici esprimono una vicinanza che sembra credibile.

La solidarietà dovrebbe spettare a chiunque si fermi, a tutti gli uomini che non sono riusciti, a quelli caduti dal nido.

Io invece dovrei sfilare da solo. Appartengo alla metà del paese che ha creduto a un futuro che si confonde col presente, alla ricchezza di una posizione costruita lavorando sempre più e senza orari.

Niente cassa integrazione, quando mi hanno esuberato. Devi accettare il rischio se ti costringi a delle ambizioni almeno da quadro, dogma che nel terziario avanzato implica un cambio di schieramento: non puoi più sentirti affine a quelli che un giorno potresti licenziare, tanto meno t'iscrivi a un sindacato. Aspiravo a essere benaccetto nelle stanze che contano, anche quando l'azienda ha perso il cliente importante. Come da prassi sono stati i capi a scegliere i colpevoli, iniziando tra quelli meno tutelati, uno per reparto, fino a travolgere anche i miniambiziosi, e così mi sono ritrovato nella selezione di quelli da liquidare, incentivare, licenziare. All'improvviso ti levano il computer e te ne devi andare. Mentre riempivo la scatola con le mie cose, nessun collega ha detto niente o si è avvicinato per le condoglianze e altre frasi di circostanza, nemmeno via mail, perché vengono monitorate. Si sa che quando ti cacciano vieni isolato dai sopravvissuti, anche io avevo sempre ignorato gli appestati che mi hanno preceduto. Tutto previsto, anche il proforma civile tra me e la dirigenza che addirittura m'ha invitato a fare causa e chiedere più soldi possibile, visto che ci sono avvocati e assicurazioni a tutela di entrambe le parti. Ho stretto la mano al mio superiore, quando sono uscito da quella stanza.

Dopo ho cercato di assorbire il colpo, sembrava facile visto che solo qualche mese prima ero riuscito a reagire all'abbandono da parte di mia moglie. È lei che alla fine ha deciso, per il nostro bene, visto che non era più innamorata.

Il giorno che sono stato sbattuto a casa, Pietro Koch m'ha voluto accompagnare. Se n'è fregato che lo vedessero i capi, facendomi sentire in colpa, perché quand'ero in carriera ci scambiavo battute raramente, per evitare di screditarmi. Sei in grado di accettare ogni compromesso e venire a patti con la tua verità per uno scatto di livello, una sorta d'ipocrisia necessaria.

La differenza tra me e Pietro Koch era evidente, a partire dall'elenco telefonico aziendale, dove il suo cognome non figurava neanche. Potevo contattarlo al reparto servizi, in qualità di fattorino sbriga-faccende.

Accorgermi di non avere amici non è stata una sorpresa. In questi vent'anni ho sempre lavorato molto e non lo senti il vuoto perché hai la sensazione dei colleghi attorno, quelli al tuo livello con cui a volte puoi condividere qualche lamento.

Qualche mese dopo anche Pietro Koch è stato epurato, con altre sette persone. Nel suo caso si è ricorso alla soppressione del ruolo. Più conveniente per l'azienda affidarsi ai service esterni di spedizione e consegna pacchi.

Secondo Pietro Koch non si licenziano le persone, neanche se la crisi riguarda il mondo globale. Ho provato a fargli capire che è una questione di economia, leggi e bilanci, infatti l'azienda alla fine è andata in regime fallimentare. Ma erano solo alibi per Pietro Koch, un lago piatto che s'increspa e poi torna come prima, e allora bisogna lasciare un segno. Una notte è entrato nel garage aziendale e ha dato fuoco all'auto di servizio con della carbonella accesa sotto il motore. La Bmw non è esplosa, ma il danno c'è stato e anche una denuncia contro ignoti. Prima del licenziamento, si era segnato gli indirizzi dei capi e dei miei ex-colleghi aspiranti dirigenti ancora in organico. Ha raccolto tanti dati personali, anche dove vanno a scuola i figli.

Devo imparare da lui. La reazione è un diritto e invece io mi sono fatto travolgere, perché sono una persona equilibrata, ragionevole e imbelle. Solo moderna viltà anche se poi la spacci come moderazione e maturità. Pietro Koch agisce e va avanti, si è adattato immediatamente al nuovo scenario e impegnato nella ricostruzione.

Siamo in tanti a non trovare più un impiego, ma lui dopo solo qualche giorno dalla cacciata già lavorava due volte alla settimana in un bar cooperativa della sua zona. Pietro Koch vive nelle case popolari nella periferia di Abbiategrasso, l'area extraurbana in cui gli italiani protestano per la mancata consegna degli appartamenti, preceduti in graduatoria dagli extracomunitari. Dice che là c'è gente che si sente dalla parte giusta, sempre in guerra contro gli immigrati di merda, i palazzinari di merda, i proprietari di merda, i borghesi radical chic ecologisti comunisti di merda, i froci ricchi lobbisti di merda, i preti pedofili di merda e amici dei negri.

Pietro Koch è legittimato a dire la sua, più di me e di tutti gli altri culi lisci, post-ambiziosi decaduti a vite inchinate nella speranza che un contratto di collaborazione ci possa salvare per almeno altri tre mesi. Pietro Koch produce più vita di me. Io e Pietro Koch stiamo diventando amici e ora condividiamo lo stesso spazio nel mondo.

## 2
## *I capi della città*

Pietro Koch fischia con le dita in gola, perché laggiù ci sono dei suoi amici. Me li indica, mi aveva già messo al corrente di storie e aneddoti che li riguardano. Sono gli ex-buttafuori del Plastic. Lo hanno introdotto al giro di affari con il mondo del softair, hobby costoso praticato da uomini e donne mimetici che bruciano cifre con tanti zeri nelle guerre della domenica. Il softair fa bene alla salute, i concorrenti si rincorrono all'aria aperta, similuccidendosi con armi dai pallini biodegradabili come da normativa. Capita che a volte si possano ferire con rami e distorsioni. Alcuni interpretano famose battaglie e pagano tanto per i gadget originali, soprattutto se risalenti alla Seconda guerra mondiale come quelli che Pietro Koch riesce a procurarsi.

I suoi due amici o conoscenti fanno servizio d'ordine per proteggere l'incolumità delle squadre nelle giornate di gara. Sono addetti alla sorveglianza dei recinti attorno ai campi dove si gioca. Devono stare attenti alle reazioni della gente di lì, extracomunitari che fraintendono facilmente ogni tipo d'ostilità in uniforme. Secondo Pietro Koch, gli arabi hanno ragione a innervosirsi alla vista dei managerini a chiazze Nato nelle discariche dietro casa.

Un uomo in tuta sta gridando contro il Cenacolo che vuole distruggere. Non è un ex-buttafuori, lo chiamano il supplente. Agita un altro striscione che denuncia i fondi devoluti all'ennesimo restauro del dipinto leonardesco.

Il supplente inveisce sul Cenacolo, l'opera che la città priva di colossei vanta ogni volta che c'è da attribuirsi un valore artistico, perché ci si vergogna che qui sia solo terziario decaduto e senza più respiro. Racconta di quand'era professore d'educazione artistica e portava i suoi studenti più inquieti ad ammirare il dipinto affinché intuissero che la putrefazione è spinta verso il moderno e che senza deperimento non ci sarebbe la nuova forma. Anche lui si sente superfluo, sa di non servire più a niente.

Seguo Pietro Koch e i suoi amici. Il supplente straparla dei colori usati da Leonardo, dice che quel quadro riverito è meno rappresentativo del Plastic per una città come Milano. Succede tutto qui, come nel Cenacolo, Milano ti invita ogni giorno e Giuda è un ragioniere che spera e non s'impicca mai, sogni borghesi con le pezze al culo, tutto finito trenta anni fa nel patetico vanto di essere la New York italiana. La rovina ti bacia in bocca a Milano, il supplente ora sputa per terra e si calma.

Altri passi tutti assieme, prende il sopravvento la porzione di manifestanti che protesta per l'inglese obbligatorio, la controversa legge regionale che un anno fa ha imposto la conoscenza della lingua al personale addetto ai pubblici esercizi, in vista dell'imminente appuntamento internazionale con l'Expo.

Quella legge era stata approvata nell'assoluta indifferenza e anche plauso dalla stessa gente che ora manifesta. Me li ricordo i tassisti con la patacca verde e tricolore, contenti per gli sgravi fiscali, che Milano progrediva e finalmente sarebbe diventata città di livello mondiale. Chiaro, loro hanno i bambini e allora io dovrei essere più comprensivo, perché in questo paese se uno si ritrova una famiglia da mantenere ha più ragione di me.

Eccoli passare i tassisti arrabbiati con tute gialle a scacchi neri. Anche i membri della Federtaxi e della Satam, alcuni con i polsi provocatoriamente legati da corde di canapa.

A molti dei loro compagni è già toccata la sospensione della patente, posti che saltano perché i capi della città vogliono fare bella figura con il resto del mondo. *Milano Meschinopoli*, c'è scritto sul cartello, coadiuvati da altri lavoratori in salopette che tengono in mano chiavi inglesi giganti in polistirolo.

Il fiume di persone ora cede alla fisica. Si apre in due per superare la fontana a forma di budino, proprio nel mezzo della piazza che dà fasto a Milano, qui tutti si passa e si gode da copione.

Qui nel cuore che batte, San Babila è un culo che sanguina, la via di passaggio verso negozi e uffici di vetro, il posto più simile a Babilonia.

Se il nuovo Gesù diventasse ricco dovrebbe comprare delle Ferrari Testarossa e farle distruggere dalla folla.

Pietro Koch spinge quelli che lo stringono contro il muro, protegge la scatola avvolta nel sacchetto Decathlon, non vuole che si rovini il pacco che deve consegnare. Trasporta il carico per la nuova spedizione di elmetti residuati dei reparti internazionali Waffen SS. Sono pezzi originali e restaurati che gli vengono spediti dal fratello della badante materna. Arrivano dall'Ucraina, terra promessa del collezionismo, dove sono disseminati sterminati bacini di raccolta per via delle grandi offensive sul fronte orientale, tonnellate di pezzi introvabili e le urla di chi non c'è più.

Con la fine del regime sovietico i recuperatori hanno fatto affari, rivendendo agli occidentali, ai cultori del grande massacro che è la storia d'Europa.

Nel pomeriggio Pietro Koch andrà alla posta centrale di piazza Cordusio per spedire il pacco al collezionista friulano, un cliente settantacinquenne che ha trasformato la sua vita in un monumento alla memoria del padre disperso in Russia, dopo che il camion su cui viaggiava in ritirata venne requisito dalle SS olandesi. C'è la targa commemorativa nella piazza del suo paese. Non si è mai allontanato da lì. Ha giocato e lavorato, si è fatto una vita e ha messo su famiglia, accanto a quel nome inciso sul marmo che sparisce tra i fiori freschi, nelle ricorrenze patriottiche.

## 3
## *Da quando quello è morto*

L'Italia vuole cambiare, dai sondaggi risulta che c'è più solidarietà. L'Europa spinge verso un modello di riforme che tenga conto dell'elemento umano. I nostri nuovi leader si adeguano, si fanno fautori di tesi illuminate ed esigenze spirituali. Ma da quando Berlusconi è morto, il paese vaga nel ricordo e nella rabbia impotente dell'inutilizzabile antiberlusconismo. Tutto finito all'improvviso, scomparsi pure i talk-show impegnati, anche gli storici alleati si sono smarcati per inglobarsi nel rinnovato impulso istituzionale. Ai cattivi ci si abitua e se spariscono devi fidarti dei nuovi buoni. Ci sono anche dei nostalgici e i vetero-leghisti delle vallate, pieni di rancore perché abbandonati da tutti.

Ora ci viene detto che siamo tutti uguali e che anche i più protetti pagheranno le tasse. I politici invocano programmi di rottura e il distacco dal sistema bipolare, però sono costretti a riconoscere all'uomo-sorriso un ruolo fondamentale e lungimirante nella nuova storia italiana. Ma stavolta nessuna gigantografia mediatica, si dà spazio alla rete, al culto del sotto-ego, nessuno cerca di emergere ai vertici della grande coalizione che governa il paese.

Anche i giornali stanno riequilibrando le loro posizioni. L'informazione cosiddetta libera è diventata un trend, con articoli che non risparmiano i grandi del momento, la farsa degli editoriali sagaci e senza peli sulla lingua da parte di chi prima appoggiava il regime. Ognuno è libero di cambiare idea, dicono che la coerenza è da persone involute e che gli editori sono società per azioni.

Bisogna rassicurare, ma non nascondere la crisi. È dura per tutti, alcuni si lamentano che il prezzo della pasta di marca continua ad aumentare, che hanno i figli che devono tenere testa ai compagni di classe benestanti. Si infonde comunque positività in nome della nuova democrazia che arriva dal basso e dà fiducia al futuro. Sparite le spillette tricolori e sempre più gente con la barba, soprattutto nei ruoli istituzionali. Sta anche per essere inaugurata la scuola "Ernesto Guevara" e se dici che quello faceva ammazzare i gay e chi non la pensava come lui passi per fascio-revisionista.

Il mondo ora ci guarda e l'industria attende il rilancio, c'è bisogno di continuità, tutti a lezione di tolleranza. Il mondo ci sta aspettando e plaude l'Italia che ha il coraggio di cambiare e si prepara all'evento planetario dell'Expo, la grande chance. Sempre più attesa per lo scoccare del giorno che consacrerà Milano, città teatro di una rivoluzione alimentare a zero impatto ambientale.

Mancano solo trenta giorni, equivalenti a settecentoventi ore o anche quarantatremiladuecento minuti. I secondi sono troppi sul tabellone digitale che segna il count-down, un piedistallo a forma di X in fibre di nuova generazione dove si susseguono esplosioni cangianti che vanno a formare il pianeta e la scritta *Milano Expo 2015 – Energia per la vita, feeding the planet*, mentre la cascata di cifre procede.

Non succede mai niente a Milano, questo si è sempre detto.

## 4
## *Abbiamo fame*

Manca più di un'ora al mio appuntamento di lavoro, siamo in tempo per andare al self-service Autogrill del Duomo. Pietro Koch attraversa la strada, protegge a spallate il pacco da spedire, la sua nuova attività, la sua propensione al futuro. Io sono educato e chiedo sempre se posso. Lascio sfilare uomini e donne.

Pietro Koch, nato in Sardegna e subito trapiantato a Milano. Lo seguo, abbiamo fame.

Il ristorante self-service è irraggiungibile, c'è troppa gente e i cordoni di sicurezza favoriscono la calca. Dirottiamo verso il bar tavola calda elegante, proprio dietro i portici.

Qui al venerdì e sabato notte è anche pub disco-thrill, open fino alle due e i tramezzini si chiamano club sandwich, con tanto di mozzarella di bufala selezionata.

Ci sediamo, cerco l'attenzione dei camerieri. Ci va bene il posto nell'angolo, ci adeguiamo alle mosse veloci del ragazzo che prepara la nostra mezz'ora di cibo e caffè. Seduti al tavolo vicino ai cessi che però sono moderni e puliti, c'è anche silenzio, la porta isola bene dal resto dell'ambiente. Annaspo alla ricerca di una sintonia con Pietro Koch. Devo raccontargli come mi sta andando, qualcosa di propositivo. Pietro Koch me l'ha appena chiesto e aspetta risposte. Niente d'umiliante, una domanda schietta a cui ribatto mentendo. Perché io non mi do da fare e da fuori questa è passività, ho sempre deluso chi mi sta accanto. Lo rassicuro, racconto di prospettive e sviluppi, di parecchi contatti che ho tirato su, e che mi pagano puntualmente. Anche i miei vestiti curati parlano di svolte e opportunità, barba fatta e capelli rasati ai lati per diminuire il dislivello che fa pelata. Mosse tristi per apparire uno che vive bene e può spendere. Per il colloquio ho messo le scarpe che costano care, le Mbt antishoes con suola a mezzaluna che, secondo i messaggi promozionali, conferiscono al soggetto la postura perfetta. L'ultimo acquisto impegnativo che mi sono permesso quando ancora lavoravo, simboli status che mi descrivano e possano aprire le porte a qualche occasione lavorativa, una mezz'ora d'inginocchiatoio di fronte a uno sconosciuto: dovrò sforzarmi di essere positivo, propositivo, dal basso in alto, nella speranza che un contratto di collaborazione si concretizzi o almeno qualche progetto mi faccia fatturare.

Pietro Koch non m'ha chiesto della mia ex-moglie, la disprezza da quando gli ho raccontato cosa era successo tra noi. Che nella vacanza tra le palme una notte s'è scopata l'animatore e addetto agli ombrelloni, quello che veniva a salutarci in spiaggia. Lui è così lontano dalla mia patologia, quella parte deprecabile della mia personalità che è emersa dopo quei fatti, nel silenzio di casa, delle foto rimaste e dell'amarezza che ti prende quando ti accorgi che sei fuori tempo per tutto, una persona sconfitta in partenza e di cui ci si può dimenticare facilmente. Subito dopo la vacanza mi ero aggrappato a lei, cercando di tenerla incastrata a quella notte. Dormivamo nello stesso letto e quando piangeva restavo immobile, senza superare la mia parte del materasso, non le ho mai detto niente. Anche il risentimento se lo manifesti è un'emozione.

## 5
## *Cicatrici sulla città*

A stomaco pieno è più difficile essere solidali. I disordini sono scoppiati appena usciti dal ristorante. Improvvisamente sono comparsi quelli considerati nemici di tutti, più dei poliziotti. Cappelli in pelo, foggia Armata Rossa colonna Durruti, le loro bandiere a strisce rosse gialle viola e al centro una stella. Italiani e immigrati assieme, anarchici vetero-socialisti c'è scritto sui giornali. Hanno colpito anche ad altre manifestazioni, sui muri il biglietto da visita che cita la Guerra di Spagna, la pasionaria Dolores Ibárruri: *Il nostro eroismo, il nostro spirito di sacrificio*, niente della rivolta bianca che è rimasta solo una canzone ascoltata da lontano.

Lanciano bottiglie e sampietrini, schegge che schizzano troppo lontano dagli agenti. Ancora di moda odiare la polizia. Si riduce tutto ad acab e maiali che ammazzano di botte gli indifesi. Siamo tutti celerini, siamo tutti oppressori, siamo tutti dietro alle barricate.

Altri lanci e minacce, per ora bastano gli scudi. Gli anarchici dell'insurrezione attaccano. Strisce di fuoco si arenano sull'asfalto, minimolotov contro i poliziotti bersaglio.

Ci allontaniamo dai tafferugli, ci mischiamo ai manifestanti che si stanno disperdendo, nelle fughe tutti sono uguali. Io e Pietro Koch svoltiamo verso le vie più isolate. Gli estremisti prendono di mira gli operai, colpevoli di aver creduto al milione di posti di lavoro, ai soldi che ti ripulivano dalla dignitosa miseria, perché anche loro si sono venduti ai culi e alle tette.

Sono tanti i lavoratori che hanno appoggiato il grande cattivo d'Italia.

Fumogeni, gli agenti stanno contrattaccando. Porfido, spari e urla. Corriamo al riparo, appartati all'angolo di piazza Cordusio. Il pacco di Pietro Koch si è rovinato, lo tiene stretto fra le braccia.

## 6
## *Protagonisti*

L'ufficio postale sta sbarrando le porte. Anche i bar, le tabaccherie, gli esercizi intorno.

Altri poliziotti e uomini in borghese, altre esplosioni e caos, chiudo gli occhi.

Un pannello per informazioni turistiche dell'Expo offre in 3d cosa puoi vedere, ascoltare e sperare dall'epicentro del grande avvenimento mondiale. Ma è già stato danneggiato, rovesciato e calpestato.

I nuovi patrioti attaccano, tutti contro banche, multinazionali e forze dell'ordine. Faccio parte del corpo impazzito, l'atto liberatorio è fisico, sei tu che fai e non stai a spiegare. Sto in mezzo alla folla che non importa se ha torto o ragione. Urla, paura, lanci di oggetti, qualcuno viene colpito e si piega in due, altri prendono di mira le vetrate della banca più importante d'Italia.

Pietro Koch tiene il suo pacco così prezioso sotto un braccio, ma riesce a colpire con le gambe, un impatto violento contro i vetri che non si scheggiano. Anche quelli attorno tirano calci, pure io, ma di punta, l'errore è una scossa alla caviglia. Non sono scarpe adatte agli scontri, una marca costosa e innovativa per i tempi di pace. Le Mbt antishoes che quando lavoravo mi uniformavano alla parte sana e che voleva vincere. Non esisto più. La perfezione è nei colpi che distruggono.

Zoppico sulle mie scarpe da biondino, da lavori belli, anatomiche e perfette per camminare, nelle pubblicità non è riportato che ci puoi danneggiare le infrastrutture di una succursale bancaria.

Delle crepe e tutto esplode, suona l'antifurto.

Ancora sirene ma in lontananza, ci infiliamo in via Cusani, la caviglia fa male ed è gonfia. C'è calma, rotta solo dai tecnici di una cooperativa di svuotatutto che stanno sgomberando l'ennesimo studio imploso dalla crisi. Troppo costoso l'affitto in quel palazzo in pieno centro, c'era l'ex-quartier generale di Radetzky.

Fa caldo, ci sono anche le palme, appena impiantate sulle aiuole con cornice all'inglese dell'affissione permanente Armani. La città si prepara a essere esotica, giardini pensili e mura ricoperte di prati verticali, concime che invade la città, per forza c'è quell'odore, ancora sgradevole per poco dicono quelli della coalizione ecologica insediata alla Regione. La merda non può dare fastidio quando c'entra con la vita, la nascita, il fottuto ciclo vitale a cui non ho adempiuto, a cui ogni insoddisfatto si deve genuflettere.

Io e Pietro Koch ci rilassiamo. Mi sento come alla pari per il gesto vandalico consumato a quasi cinquant'anni. Non mi vergogno né mi dispiace perché ho fatto bene. Io e Pietro

Koch, protagonisti dopo gli scontri e la manifestazione delle persone obsolete.

Suona il cellulare, voce femminile. Si qualifica come assistente del dottor Allevi, responsabile dell'agenzia AgiAmo & Associati, denominazione ereditata dal regime del fare. Mi scuso, do la colpa ai disordini, sono rimasto bloccato dai cordoni di polizia. Mi scuso un'altra volta. Dico di essere dispiaciuto e che ci tenevo a incontrare il dottor Allevi. Resto in attesa senza preavviso. Mi viene proposto un altro appuntamento, domani stessa ora, non posso che rispondere di sì.

C'infiliamo in metropolitana. Pietro Koch deve andare nell'altra direzione e sostituire la badante che stasera esce. Ci sentiremo al telefono, magari anche domani.

# 29 giorni all'Expo

## 1
## *Mi preparo a una relazione sociale*

Il parquet ancora tenuto bene è sempre più adatto al silenzio, cento metri quadri di casa, deserti da mesi, da quando mia moglie è andata via. Al centro il piccolo stereo comprato nei giorni dell'abbandono, il cd prescelto è quasi sempre *Sandinista* con il punto esclamativo finale. Sulla copertina il bassista biondo ha un cappello, se gli fossi somigliato avrei perso la verginità all'età giusta. Ritmo e tavolo che traballa, oltre alla sedia scardinata. Non ho più rimesso a posto la casa. Sono pezzi che avevo allentato, svitato e smollato apposta. Usavo l'utensile per il fai da te, preso da Decathlon a meno di quattro euro, reparto biciclette. Assemblato come un coltellino milleusi svizzero, con la possibilità di intervenire su tutta la scala convenzionale delle viti cave. Nelle istruzioni non è scritto che potevo manomettere il mobilio di casa per far sì che mia moglie avesse bisogno di me.

Sono il figlio dell'Italia contenta perché mangiava e che ha osato elevarsi di rango, ho rubato una donna alla casta superiore. Lei figlia del proprietario dell'importante outlet di mobili fuori Milano, pure colta come certo non ti aspetti dall'erede di un arricchito. Mia moglie aveva fatto gli studi artistici, ma tra un corso e l'altro era riuscita a specializzarsi in una professione per pochi e quindi molto remunerativa, consulenze nell'environment relazionale e nuovi modelli di sviluppo nel design d'esterni. Ha sempre guadagnato più di me, fin da quando è nata. Dovevo immaginarlo appena l'ho conosciuta, non illudermi che fossimo uguali. Ognuno dà per scontato il proprio livello di vita e lei coi suoi atteggiamenti tolleranti e gli interventi per risanare il budget di casa peggiorava la situazione. È stata lei a voler sperimentare il declassamento catastale, ha deciso di raggiungermi qui in via Padova. Le piaceva l'idea di vivere nella zona screditata e sempre meno autoctona, come le era capitato a Londra, quando risiedeva nella Notting Hill ancora quartieraccio ma territorio ideale per stimoli artistici ed estetici: lo stesso humus che ritrovava da queste parti, strade così vivaci secondo lei, grazie alla vitalità caotica e disordinata degli extracomunitari che le sembravano gentili e la riconoscevano e rispettavano perché abitante del ghetto. Nel week-end le piaceva osservare la prospettiva dall'incrocio con piazzale Loreto. Un corridoio teso all'infinito, ci aveva fatto anche delle foto per un'esposizione a Brera, intitolando la rassegna *Via Padova – Implementi da un ghetto parallelo*. Poi, dopo l'aggressione non se l'è più sentita e mi ha proposto un mutuo per una casa in centro, lei avrebbe anticipato il cospicuo capitale che non mi potevo ancora permettere. Ho rifiutato senza spiegarle il motivo, perché ti senti un fallito quando non sai trarre stimoli per superare lo standard modesto delle tue origini. All'epoca puntavo decisamente alla promozione a quadro, ma ne devi avere la stoffa e la personalità, mentre io avevo sempre e solo composto brochure, sotto-prodotti da bancone del supermercato, senza pretendere responsabilità gestionali.

Un tempo ne provavo anche piacere, quell'intimo segreto che non sono mai riuscito a confessare a mia moglie.

Quand'ero con lei a fare la spesa scoprivo le mie parole in giro, dissertazioni commerciali che, pur se virate nei contesti positivi del marketing, mi permettevano di cogliere e rivivere lo stato d'animo in cui le avevo scritte.

Ho anche cercato di realizzare un progetto artistico fra narrazione e graphic novel che dimostrasse la mia capacità nello scrivere non solo di stracchino e salami: protagonista era un professore di matematica di una scuola per bambini prodigio che, messo a dura prova dai piccoli geni, si appartava nei bagni per incidere delle svastiche. Il preside incaricava una ragazza scandinava di scoprire il colpevole e indagare sulle sette eugenetiche naziste tra i banchi della scuola. L'investigatrice ci metteva mesi a scoprire che la svastica era stata disegnata nel senso inverso, come negli usi buddisti, una svolta ironica per dileggiare i best seller dalla Svezia. Nessun editore né casa di produzione ha considerato il soggetto, e neanche la mia ex-moglie, che dopo un anno trascorso al pc mi ha imposto di essere pragmatico, non potevo perderci più di tanto tempo, visto che noi si era in due e che trascuravo la vita insieme.

Mia moglie, la compagna di vuoto, non esiste più. Sono un adulto che ha perso il lavoro. Ora che non ho più niente, le sensazioni sono nette.

Mi guardo allo specchio del corridoio, vado bene, tutto quadra e sono credibile. Sto per andare a elemosinare una chance, a fare finta di crederci, a simulare atteggiamenti positivi, mi lascio guidare da ciò che resta dell'autostima sociale. Una vita dignitosa, mantenere una casa, mangiare, trovare un'altra donna. Il rito immagine decente prevede che ora indossi la maglia H&M a maniche lunghe e i pantaloni abbastanza nuovi della Carhartt. Rimetto le scarpe Mbt che mi hanno azzoppato. Posso uscire, appoggio la porta di casa delicatamente, non voglio farmi sentire dalla portinaia che mi terrebbe a parlare. Approfitto che è agli ultimi piani, sta lavando i pavimenti, sento lo strofinaccio e i suoi zoccoli.

Scendo le scale velocemente e faccio anche in tempo a ritirare la posta dalla cassetta. Tutto procede normale, ho trovato altri avvisi per le bollette che non pago da mesi. Minaccia formale seriale, identica per chiunque non sia solvente, tono gentile, mi piace leggere tra le righe queste missive, scritte da uno stipendiato per farlo, ma che non ci mette nulla di personale. C'è equilibrio in tutti i periodi, un discorso calibrato e leggibilissimo. Non c'è odio, vieni messo al corrente dei provvedimenti ma con il rispetto dovuto, tutto è indolore, non senti niente ed è comprovato dalla forma. Resterò al buio e senz'acqua, a me impensierisce di più l'arrivo dell'affitto, è possibile un ritardo di soli ventuno giorni sul pagamento. Non ci sono riguardi formali per noi ritardatari inquilini del palazzo. Preferisco resistere e non assolvere i debiti, mi avanzano novemila euro tirati su con la liquidazione, sarebbero tanti, se non avessi spese. Non è semplice rimettersi in pista e provare nuovamente a guadagnare, il prezzo da pagare è la vessazione. Non ho figli da mantenere, madri da accudire, finché il saldo in banca è intatto posso stare immobile e permettermi di varcare il limite, quando ero impiegato mi sembrava insensato mollare tutto. Posso vivere senza esborsi, novemila euro significano che sono ancora vivo, è come conservare l'acqua quando attraversi il deserto.

## 2
## *AgiAmo & Associati*

Scendo a Pagano, anche oggi l'odore di concime che forse arriva dal parco. La cittadinanza deve comprendere. Sempre più aiuole, con l'approssimarsi dell'Expo si sta concludendo l'operazione anello verde, una rete che congiungerà le oasi di verde cittadino, percorsi taglia-traffico a uso di gente migliore di me per stipendio e sensibilità ambientale, il cartello "no oil" sulle loro bici arrugginite. Si generalizza eccome, si condanna l'uso eccessivo dell'auto, quelli che ci vanno al lavoro tutti i giorni, come facevo io, un modello che ci è stato inculcato dalla stessa élite che adesso spinge all'acquisto dei loro nuovi modelli non troppo inquinanti. Da piccolo mi fermavo ad annusare le auto appena comprate perché sapevano di nuovo, di chimico delle poltrone ancora incellofanate. Fiat centoventisette arancione, l'adesivo con la scritta *Automobile dell'Anno* sul cofano, il vanto di mio padre, orgoglio sudato nell'Italia che ce la faceva e non licenziava. Bello che le nostre case siano sempre più piccole e si abbia tutti meno soldi, che pochissimi posseggano un patrimonio, se non ereditato. Nella miseria potremo migliorare, ma poi ritorneranno le generazioni che sognano di avere auto, casa e forme di futuro decise dall'economia. L'autodistruzione si nutre del benessere. La guerra è in atto, terziario avanzato decrepito contro un'industria minata dai cali di vendita per i troppi disoccupati in giro. Vivi a piedi quando non hai più un alloggio, questo è il nostro destino, in tanti perdono il lavoro all'età critica che inizia dopo i quaranta.

Ho appena prelevato, il saldo dà speranze di vita agiata, sono sceso sotto la soglia dei novemila. Da quando non lavoro ho guadagnato trecentocinquanta euro per un'altra brochure in giro e ti saldano anche a centoventi giorni. Devo considerare le spese e l'affitto di duemilacinquecento euro che ancora non ho pagato.

Valico la soglia signorile del civico ventitré, c'è la targhetta in alluminio nera, scritta bianca, agenzia di comunicazione a trecentosessanta gradi AgiAmo & Associati, con cinque cuoricini intarsiati nella *a* maiuscola.

Bisogna comunicare l'energia dei trent'anni, devo vedermela con la nuova forza lavoro del mio settore, balcanici che hanno imparato la lingua guardando la nostra tv e assimilando gli spot pubblicitari. Agognano il lusso, credono a ogni chance che ti porti a toccare le stelle. Sottopagati, si accontentano degli spiccioli in regola, per poter dire di avercela fatta.

Terzo piano, odore di cera, portinaio asiatico così tanto educato, sembro ancora un professionista. Entro e saluto il nulla, la segretaria compare dalla sua postazione, gentile e deferente, mi dice di aspettare. Devo compilare il modulo necessario alla catalogazione dei colloquianti. Mi chiede se per favore sono disposto al trattamento dei dati personali secondo la legge sulla privacy, procedura prevista in modo che la banca dati dei collaboratori sia sempre aggiornata.

Mi levo sette anni, mi sono inventato la mail con il finto anno di nascita, settantacinque. Io sono stato nel Real Madrid e questa è la serie D, lavoravo nella più importante realtà di folderistica e lettere promozionali al consumatore per il settore alimentare. Ero specializzato in mailing innovativo e brochure con effetti speciali, materiali cartotecnici ad alto costo, atti alla tridimensionalità del messaggio da veicolare. Sono stato il primo in Italia a introdurre supporti sonori, in grado di evocare la natura intrinseca degli ingredienti, in quel caso era la gamma dei latticini del cliente più importante: si sentiva il verso delle vacche e degli animali attorno e lo sforzo del maestro casaro per ottenere il caglio. Dovrebbero leccarmi il culo per i miei trascorsi. Mi sto caricando, ringiovanisci se stai sopra ai perdenti. Sono qui per due soldi, la comunicazione si basa su illusioni superate. Non ho più mercato, alla mia età non fai colloqui per singoli lavori, conviene appaltare ragazzini ancora carichi a tariffe simboliche. Con la mia esperienza sono costretto a chiedere almeno millecinquecento euro per un pezzo da due facciate. Nella scheda conoscitiva brandizzata AgiAmo & Associati tengo per me che non mi va più di encomiare il mio lavoro, di dire sì a delle mezze persone.

Nel modulo mi sono inventato una carriera fino alla direzione e premi importanti, per umiliare e sottoporre allo smacco queste merde di settore, che ci credono e non hanno l'arma della digressione.

Le persone vive non leccano il culo per delle caramelle. Devi disprezzare, non puoi zoppicare, devi tenerli sotto, questo è il tuo territorio ideale, hai distrutto le vetrate di una banca, ti eccitavi sotto le molotov.

Entro, ecco l'ombra del dottor Allevi. Io direi dottorino, ragazzo volenteroso che ha studiato. Non lo saluto finché non mi dà gli occhi, regola numero uno che impari nelle grandi strutture, attendere sempre che il tuo responsabile alzi lo sguardo, prima di parlare.

Sono qui perché ho bisogno. Tiro subito fuori il mio curriculum, non so nemmeno se ha consultato la mail, non lo devo dare per scontato. Quando veniva qualcuno a proporsi da me, neanche le aprivo, sempre le solite storie. Le situazioni si ribaltano all'improvviso.

Il dottor Allevi e la sua voce da bambino impegnato in un discorso introduttivo sulla missione aziendale della società AgiAmo & Associati. Però ci diamo del tu. Provengo dall'olimpo, ho realizzato ciò che voi ancora inseguite e adesso sono qui sconfitto, datemi un cazzo di lavoretto da portare a casa. Il dottor Allevi chiama al vivavoce una sua collaboratrice, mi presenta come riconosciuto professionista che arriva da anni di organico nel rinomato network.

La ragazza di cui non so il nome mi chiede come mai non esercito più lì. Avrà sì e no trent'anni, vuole anche sapere la mia età che è scritta sul curriculum, petulante sciacquetta sottoserva, niente rabbia. Lei è ancora in carriera, ci deve credere, fa parte del gioco. La regola dei lavori in cui devi dimostrare ambizione ti converte in essere umano aggressivo e intollerante, sempre pronto a colpire i più deboli, quelli che hanno bisogno. La ragazza è giovane e la sete di potere eccita in questi ambienti. Rispondo che ho sette anni di meno, mi chiamo Andrea e ho quarant'anni.

Continua a osservarmi, incuriosita dalle mie menzogne tattiche e di sopravvivenza. Setaccia indizi dagli attimi del mio silenzio, in attesa della successiva domanda importante. Arrivo da progetti ad alti livelli, ciò a cui loro ambiscono. La ragazza mi squadra, anche le scarpe così speciali. Chiede dove le ho comprate, se sono le Mbt. Le può trovare sempre al solito store in via Cusani, trecentocinquanta e passa euro. Spiego amichevolmente dove si trova il negozio, strappo un sorriso dovuto, le dico pure che si sta comodi.

Nota che zoppico, ci diamo sempre più del tu, ho sette anni di meno. Le racconto di una distorsione giocando a calcetto con gli amici e iniziamo la visione dei miei lavori, devi dare la precedenza ai più accattivanti.

Lo spettacolo finisce sulla scritta *Gvappa Fvattina, Di Nobile Monovitigno*, vogliono sapere che significa: perché non c'è scritto Grappa Frattina. Spiego che la *v* sarebbe la *r* moscia dei nobili, stereotipandoli. La ragazza obietta che secondo il percorso filologico di questo messaggio "monovitigno" potrebbe essere confuso con "monoritigno"; ma il dottor Allevi la interrompe, mi fa i complimenti ed entra nel merito del nostro incontro. È convinto che le nostre capacità siano l'unico investimento per il futuro, che ci siano tante opportunità di crescita, soprattutto in questo periodo di crisi. La sua struttura è nata solo da tre anni, ma è ormai avviata a diventare una grande realtà, per statuto indipendente dai grandi network globalizzanti e quindi più recettiva alle esigenze locali dei clienti. L'enfatico feldmaresciallo dell'efficienza lombarda dottor Allevi osanna le piccole medie imprese che mandano avanti l'economia, capaci di rappresentare l'Italia all'estero, quella sana e che lavora bene, un ritorno in immagine per il nostro tessuto imprenditoriale. Dice che l'economia procede e che c'è bisogno di una veduta sana delle cose, sia nel lavoro che nella vita. Conclude con un grande tema sulla quotidianità: ogni giornata deve nutrirsi di segnali positivi, come i quadri a tema bucolico appesi nel suo ufficio. Tra poco uscirò da questo posto di merda.

Ci congediamo, mi faranno sapere, vengo accompagnato da entrambi alla porta, attraverso i corridoi dove sono incorniciate le stampe del salame che si spela facilmente, maestri salumai da generazioni. I simboli uccidono il buon senso: se un salame è facilmente pelabile significa che non è verace, ruspante, autentico e brianzolo. Tutti noi del settore sappiamo del problema costituito dalla carne di maiale putrefatta che rimane tra gli ingranaggi.

Sto meglio fuori, sono libero dalle parole e dalle illusioni altrui.

Il dottor Allevi e il suo orgoglio, più giovane di me. Finalmente ha avuto l'occasione per dimostrare quanto lui, alla fine, sia stato previdente. Il dottor Allevi, che quando morirà si farà seppellire nella sua agenzia di comunicazione integrata a trecentosessanta gradi.

## 3
## *Niente da festeggiare*

Pietro Koch mi ha telefonato. L'appuntamento è all'entrata del parco vicino alla fermata Pagano, stavolta viene in moto. Lo accompagnerò a spedire i residuati e dopo al bar cooperativa di Abbiategrasso, quello dove fa i turni due volte la settimana.

Eccolo che arriva, mi abbraccia e apre subito il portapacchi. Tira fuori un sacchetto della spesa, ci sono avvolti gli elmetti, preferisce non abbandonarli perché ormai rubano di tutto. Vuole raggiungere una cartoleria per comprare una nuova scatola a norma di spedizione postale. Ha bisogno di vendere, di procurarsi dei soldi dal suo cliente friulano, anche se gli fa pena. Ma lui deve pensare a retribuire la badante, ottocento euro mensili stampati nei suoi pensieri. Una brava ragazza, come pure il fratello, che gli viene incontro con credito e dilazione. Pietro Koch paga quando può e cerca in qualche modo di ricambiare. La ospita a casa, dove intanto può accudire sua madre, mentre lui ha momentaneamente traslocato nel retro del bar cooperativa.

La badante precedente era sudamericana e lui l'ha cacciata perché non dava da bere a sua madre e se ne stava al telefono. Preferisce quelle dell'Est, fisicamente più forti e affini alla sua concezione della serietà. Secondo lui il blocco sovietico è stato scuola formativa, perché dove c'è tanto freddo cresci obbediente.

Siamo pronti a raggiungere la posta centrale, la scatola va bene, è di quelle da montare. Ma prima entriamo nel parco, Pietro Koch si guarda attorno, tira fuori dal sacchetto uno degli elmetti fasciato dal foglio di giornale. Odore di solvente, il pezzo è stato scrostato e levigato, aplomb mistico per un oggetto dedicato a chi colleziona prove del dolore. Ecco il feticcio della guerra, l'orrore non è solo quello dei bambini morti. È fondamentale la decal SS Landstorm Nederland, gli esperti possono così dimostrare che anche i buoni sono stati cattivi, che anche l'Olanda libertaria sfornava volontari pronti a massacrare, poi fatti sparire come il führer locale, Anton Mussert.

L'elmetto pesa anche per via delle verniciature sovrapposte, mi spiega Pietro Koch. Il materiale SS ha sempre mercato tra i collezionisti di disperazione. La morte altrui è cibo prediletto per gli apprendisti del coraggio e gli affamati di mitologie scorrette. Waffen SS, soprattutto il materiale appartenente ai reparti internazionali, quasi un milione di persone, provenienti da tutta l'Europa, ma anche dall'Asia e da quei paesi arabi dove era forte l'antisemitismo. Memoria, storie e immagini date in pasto ai delusi d'ogni epoca. Subito dopo il licenziamento vagavo per la città e osservavo le lapidi dei martiri, le date della loro morte, cercavo quelli scelti dal destino proprio negli ultimi giorni di guerra, i più innocenti in un certo senso. Difficilmente noi che respiriamo sentiamo di essere vivi.

Pietro Koch m'invita a provare il residuato. L'altro pezzo è per lui, la versione ungherese Waffen SS Hunyadi con uno squarcio laterale, un proiettile o una picconata. Ci addentriamo oltre le panchine, lontani da chi fa footing, dalle coppie col cane, dai figli belli dei ricchi che stanno saltando sui tappeti elastici. Ci sediamo, non ci nota nessuno, c'è da stare attenti.

Pietro Koch fa l'autoscatto col cellulare, mi abbraccia e sorrido per davvero. Si accende una Camel e me ne passa una. Stappiamo le birre, ci tengo a farlo con l'accendino, Pietro Koch accenna alla madre che è stata operata d'urgenza giorni fa, per una brutta caduta. Non gli chiedo nulla dell'incidente per rispetto. Sua madre è semplicemente anziana, capita e lo sa anche lui. Non si parlavano da anni, poi lui è tornato a vivere da lei per aiutarla.

Mi racconta della prima notte in corsia. Di quando attendeva l'esito dell'operazione, dei medici che cercavano di risvegliarla dall'anestesia chiamandola per nome, e che lui quel nome non lo pronunciava da quando era bambino.

Una femmina di weimaraner si avvicina a noi seguita dalla sua padrona che la sta richiamando in tedesco e ci guarda allarmata per gli elmetti in testa. Ce li leviamo, Pietro Koch infila tutto nella scatola e intanto indosso il casco da moto.

Pietro Koch accende il motore e accelera, mi stringo ai suoi fianchi. Ora scala, poi di nuovo veloce, l'aria mi sbatte sulla faccia, entra nelle orecchie, uccide la fretta.

Di nuovo fermi al semaforo, lui continua a parlare. Mi racconta dei fine-settimana tra i rovi dell'Oltrepò pavese assieme alla sua ex-fidanzata Davida, tanta dignità e pace in quelle scampagnate con la griglia in condivisione. Sono finiti quei week-end, non può permettersi altra aria buona.

Pietro Koch sta rallentando, siamo nei pressi della posta centrale, di nuovo attiva dopo gli incidenti di ieri. Lo aspetto fuori.

## *4*
## *Verso Abbiategrasso*

Abbiamo superato la cerchia esterna e siamo entrati nel canyon lungo via Padova, il canalone tra casermoni rettangolari in cui si forma naturalmente l'anomalia ventosa di questa città e dove la metropolitana esce dai tunnel e diventa un convoglio disperso verso le Chernobyl fuori Milano.

Dico a Pietro Koch di andare piano, che la gente e i bambini all'improvviso attraversano le strade e la polizia è parecchio nervosa. Qui non ci sono gli scontri di piazza. Tutto succede di notte, tra qualche ora, quando i nuovi venuti riconquistano lo spazio per le loro abitudini, riti e massacri, si violano le leggi, si corrompe il paese dei corruttori.

Ecco il mio palazzo, immutabile e ancora più estraneo, lo indico a Pietro Koch. Deviamo comunque verso Abbiategrasso, mentre i nordafricani presidiano portoni inaccessibili, sagome e gesti nell'oscurità degli androni. Muri pisciati, contaminati da manifesti tricolore a brandelli. *Milano Sicura* c'è scritto, strisce penzolanti che si muovono in assenza di vento. I nuovi arrivati strappano i bandi che invitavano noi italiani a partecipare alle ronde. Molti dei miei vicini erano a favore, sollevati per la chiamata alle armi contro la sfacciataggine degli stranieri, dispensavano bonario rispetto solo per i filippini, visto che loro servono per pulire le case. Quando li incontravo sul portone erano esasperati e si lamentavano. Mia moglie era ancora brava e si accorgeva che esistevo. Dopo il tentativo di aggressione ho iniziato a sentire che non si fidava più di me, che non le bastavo. All'improvviso aveva smesso di parlare pure di bambini. Stavo sveglio di notte e sentivo i vicini che avevano aderito alle ronde scendere le scale. Si avviavano ai loro turni, erano più giovani di me, ragazzi che di giorno mi erano sempre sembrati impacciati, quelli che quando piove hanno l'ombrello.

Il corso d'acqua ristagna, un quadro antico solitamente coperto dalla nebbia. Siamo in prossimità di Abbiategrasso. Superiamo il piazzale della vecchia stazione, oltre le palazzine che sembrano abbandonate da anni, le lenzuola si muovono e c'è un cane sul balcone. La povertà non ha niente di ecosostenibile, una distonia in questi giorni votati al futuro e all'armonia. Qui niente può affascinare i fotografi ricchi e famosi, neanche quelli che fanno reportage patinati sulle brutture dei posti lontani.

Eccolo laggiù, il bar in cui Pietro Koch dorme e tira su dei soldi. Sopra quei tavoli poggiano i gomiti i suoi amici storici, quelli che erano con lui al concerto dei Clash in cui spaccò la mazza da baseball, un luogo dove tutti sono diversi dai tappati in casa, dagli inodori come me.

Sacchi di sabbia nel corridoio d'entrata. Pietro Koch non ci viene dai giorni del ricovero di sua madre. Si abbracciano, si stringono reciprocamente gli avambracci, da legionari romani. È un saluto scorretto per provocare, che arriva dai giorni in cui si era tutti il caudillo brianzolo. Porgo la mano, da persona di tutti i giorni. Io sono uno pulito, che scodinzola dietro Pietro Koch, senza di lui qui non ci sarei mai entrato. Mi presenta alle strette vigorose, come suo amico e gran collezionista di cimeli. Quando si avvicina quello coi capelli radi lo insulta, ma stanno scherzando.

Pietro Koch può bere stasera, la badante buona lo copre. Più scurrile quando parla agli amici tutti uguali, ma non si dimentica di me. Mi coinvolge, posso accodarmi alle sue risate vigorose, riconosciute e canonizzate dai presenti. Pietro Koch si guarda intorno, ordina un'altra birra. Accetto il giro ma non mischio col whisky e bevo lentamente. Raggiungiamo il sottoscala e ritmi che non conosco, la caviglia fa male, zoppico. Mi indica la zona nel retro in cui sta vivendo provvisoriamente. Vuole che resti da lui, ma gli dico di no, che ho da fare.

# 28 giorni all'Expo

## 1
## *Paura del padrone*

In portineria c'è uno straniero che parla con il mio padrone di casa e dell'intero palazzo, uomo imprenditore che ha ereditato dalla famiglia questo stabile e parecchi altri lungo via Padova.

Si può permettere di non ricordarsi di me, anche se in ritardo sul pagamento dell'affitto trimestrale, sui duemilacinquecento euro, escluse le spese che variano sempre.

Faccio finta di guardare qualcosa sul display del cellulare spento. Il padrone mi saluta, sento un cenno, porto il telefono all'orecchio.

Esce dal gabbiotto, infilo il cellulare spento in tasca.

Il mio conto corrente deve sopravvivere. Sono ancora sopra gli ottomila.

Lei è, chiede. Proseguo, svelandogli il mio cognome. Quindi ignora la mia persona, un motivo per rilassarmi. Non accenna affatto ai miei ritardi, ci teneva a presentarmi Ilal Yasqualcosa, portinaio che da oggi sostituirà la signora Carmiti, che lui definisce personaggio storico del palazzo. Brava persona, visto che a noi inquilini italiani offriva i suoi dolci fatti in casa. Ce l'aveva coi non-italiani, per le chiazze e i vetri di bottiglia nel portone. Semplicemente, non c'è più, stanca dopo la crisi cardiaca di cui non sapevo nulla, si tratta di un avvicendamento per età e convenienza.

Il nuovo custode mi stringe la mano e sorride automaticamente, il fastidio speranzoso degli ambulanti quando ti fermano in strada. Il padrone di casa è di nuovo immerso nei suoi fogli condominiali, mi congedo, scappo educatamente. La giornata è bella, influisce senz'altro sull'umore, l'attimo in cui ti senti uno dei tanti in questa città brulicante di esseri umani, batteri che si muovono in ogni direzione, nel vetrino di un mirabile scienziato dedito a scoperte sensazionali, forme di dio che mi vengono in mente, perché sono libero, senza nulla da fare e penso di più. Mi aggrappo a gente come Pietro Koch perché mi può salvare, solamente le persone isolate soccombono. La mancanza di relazioni sociali è sintomo di inadeguatezza alla vita e di conseguenza alla procreazione. Io penso solo a sopravvivere e anche oggi cercherò di non spendere, di limitare l'uso del bancomat, perché so già che arriverò a sera senza aver guadagnato niente.

Ho raggiunto corso Monforte a piedi e mi sono permesso un caffè prima di incontrare una certa Sonia Gherardi, dell'agenzia di lateral promotion Trend Seeker, quelli col logo del cane dal muso a punta. Mi ha aperto la porta lei, è una decisionista, una che passa subito al sodo. Sono piccoli, si sa. Hanno dovuto ridimensionare il personale, ora sono sottostaffati e altre parole edulcorate sull'economia di crisi che impone il taglio degli investimenti superflui, la sua è una struttura votata al nuovo futuro della rinascita sottocosto. A volte lavorano gratis, mi dice, questo periodo è un grande banco di prova per chi ha idee da vendere, da mettere in relazione. È iperattiva, risponde al telefono facendomi il gesto che ci metterà poco. Peluria bionda, capelli tinti neanche troppo bene, sulla quarantina: c'è la foto dei bambini in giro, con un triciclo rosso e un cane, tante targhette e riconoscimenti di settore, metto la mano davanti alla bocca per sbadigliare.

Praticamente io sto in silenzio anche quando Sonia Gherardi butta giù il telefono. Sa già tutto di me, dice. Il web e le notizie sul sottoscritto, trovate in rete. Sono un professionista riconosciuto e tra professionisti ci si capisce al volo. Sonia Gherardi ha una gara in ballo e se la vincesse potrebbe avere proprio bisogno di me. Il mio umore non dipende dal suo incoraggiamento, se va bene potrò fatturare un lavoro da trecento euro. Penso ai soldi ripetutamente, a quelli che mi rimangono e che mi lasciano libero di scoprire e camminare, iniziando a sentire. Il monitor uccide le persone. Mi congedo da Sonia Gherardi, sono bastati solo un po' di sì. Anche lei mi farà sapere.

## 2
## *Scarponi definitivi*

Sopravvissuto all'ennesimo colloquio, la Milano dei soldi rifiorisce attorno, visitatori da tutto il mondo che possono ammirare la città concentrica, le vetrine sempre più accese e con orari dilatati. Si fa il turn over come nel calcio. La quotidianità è un'azione corale, passeggio e dimentico, mi siedo alla fermata del tram, nella zona delle strade costruite all'epoca dell'impero austroungarico sul modello dell'urbanistica di Vienna. Selciati solcati longitudinalmente da passaggi verdi, all'epoca ad uso pedonale, ma col tempo hanno lasciato spazio al transito dei mezzi pubblici. L'erba tra i binari è rigogliosa, cresce al sole di aprile senza la pioggia, i fertilizzanti e le cure.

Luce primaverile, apologia del bello. La linea dodici sta arrivando, ci vorranno poche fermate al negozio delle divise e forniture da cantieristica.

Fa caldo, è bello sentire che i vestiti sono inutili. Trovo posto e mi siedo. Saranno in dieci su quelle poltroncine, la ragazza che non timbra il biglietto si è seduta di fronte a me.

Si alza d'improvviso, jeans larghi, ciabatte da hippie, scende ignorando chiunque, attraversa la strada con le cuffie alle orecchie.

Tra due fermate tocca a me.

Poche le auto e le persone in giro. Ogni volta che il tram riparte, un contraccolpo da luna park.

Chiudo gli occhi, un rumore antico.

Scendo, sto sempre attento ai gradini, dalla volta che con la pioggia sono caduto.

Si vede già l'insegna del negozio. Lì compri solo ciò che ha una funzione utile, che resiste al diluvio e che non c'entra con gli anni passati davanti a un computer.

La vetrina è incorniciata da legno e stucco tarmati, una scritta antica in milanese che stabilisce la regola del pragmatismo, prima paghi e poi prendi.

Dico che vorrei provare delle scarpe da cantiere numero quarantuno da metalmeccanico. Sono cinque i modelli che dovrò valutare, le confezioni impilate accanto alle mie Mbt basculanti hyper-ufficio, già sfilate.

Allaccio il primo paio, evito i movimenti leziosi di quando provi le normali scarpe, il su e giù sulle punte. Il commesso con le braccia conserte mi ha chiesto come le sento. Non ti aspetti la comodità in un paio di scarponi da operaio. È come meravigliarsi se in carcere hanno la tv a colori. Lo stile di vita è cambiato per tutti e ora riesco a muovere le dita dei piedi e le caviglie non fanno male.

Omologati, assicura il negoziante, l'ampiezza della protezione attutisce l'impatto, secondo l'antinfortunistica vigente. Rivestiti d'acciaio, anche l'anima della suola per proteggere la pianta e le punte rinforzate in lega. Il modello più adatto per i cantieri, antisdrucciolo da pioggia. Come quelle di Wałęsa e degli uomini con lo striscione Solidarność, conosco bene la foto degli scioperi di Danzica sotto la neve, Lech era amico dei preti. Per un po' ho frequentato *Rinascita Interiore*, un'organizzazione cristiana che si spacciava per luogo d'incontro in cui affrontare tematiche esistenziali e sociopolitiche. All'epoca il neo-liberismo non era ancora un valore, ma l'impero del colbacco crollava e tutti dovevano essere contenti perché la democrazia stava trionfando in Polonia. In quelle serate mi colpiva sempre una ragazza che parlava poco. Mi è tornata in mente nei mesi dell'abbandono, ma non l'ho cercata. Non ho più niente da proporre, oltre alla costruzione di un nuovo recinto, cene povere e bollette condivise, tutta finzione. Sono una persona difettosa e che non ha avuto esperienze, ho bisogno di rischiare gli infortuni.

Ho scelto una marca inglese, Stanley, con tomaia alta, siamo minuscoli dalle impalcature.

Il commesso mi porge la confezione, spiega che il fodero in pelo evita che la protezione d'acciaio, gelando, intorpidisca il piede. Non controbatto mai alle spiegazioni, agli imbrogli sul preventivo, non è necessario nascondere la mia ignoranza. Sono artefice del mio destino, mi sto facendo coraggio. Per essere omologati questi scarponi vengono sottoposti ai test di stress e rottura del materiale. La prova Brickel ad esempio. Il maglio oscillante che percuote la superficie, secondo certe velocità e intensità. Comodi, la caviglia finalmente protetta. Posso fare rumore con le scarpe da operai, quelli che stanno vincendo.

Esco, l'odore di sempre che ristagna ovunque. Le autorità tranquillizzano i cittadini. È anche colpa del caldo insolito.

# 27 giorni all'Expo

## *1*
## *Milano by night*

Oltrepasso l'auto di famiglia che appassisce, abbandonata nel parcheggio. Non la guido da quando non pago il bollo e l'assicurazione, vetri appannati da dentro e appiccicosa, ci pisciano i cani e quelli che vivono qui. Ho appuntamento con Pietro Koch. Mi ha telefonato, dobbiamo vederci, mi spiegherà dopo. Dietro di me qualcuno appena uscito da un portone, mi sposto sul lato esterno del marciapiede, più vicino a una via di fuga, diminuisco il raggio d'azione di un'eventuale aggressione. Non sono a mio agio, la consapevolezza dei propri limiti è sopravvivenza.

Scelgo zone laterali che di solito sono più tranquille, pronto all'incontro con gli extracomunitari che escono dai locali ancora aperti nonostante l'imposizione di chiudere gli esercizi alle ventitré. I giornali ingigantiscono, vieni a sapere che soccombi perché capiti fra risse e bottigliate, ma diventi più forte quando vivi il peggio, anche le prospettive cambiano.

La convivenza è un processo che non si può forzare, la storia dell'uomo è fatta di prestazioni e adattamento. Ci si scontrava con le tribù che arrivavano da fuori per non farsi portare via il cibo e le donne, quelle servivano a procreare forza lavoro e nuovo sangue per le guerre. Ci si oppone ancora ai nuovi venuti, la mia etnia crede di vincere, ma si è fatta sopraffare dal riscaldamento centralizzato. Quelli come me stanno male se vengono lasciati da una moglie cagna. Appartengo al branco dei chiusi in casa, cavie dell'informazione che alimentano il razzismo o l'antirazzismo militante. Ci saranno sempre nuovi arrivati a mettere in crisi le pretese degli stanziali. Siamo una specie in estinzione, un fatto naturale, com'è successo ai dinosauri, meteoriti cadranno su di noi. Quelli hanno rischiato la vita per venire qui dove si sta meglio, sono sopravvissuti in container e barconi. Chi conquista nuovi territori insegna ai figli che è vitale affermarsi e prendere il posto degli infelici, l'uomo obbedisce a chi prevale, a chi resiste di più, a chi è più affamato. L'Italia si compiace dell'arte millenaria, del saper vivere, della cucina. Dà lezioni di civiltà, deride le altre culture, ogni massimalismo evolutivo. Sono stato costretto ad abbassarmi da quando sono nato, è ciò che imparo da questo paese, si esige adattamento e rispetto delle caste col pedigree, siamo i sudditi della paralisi e dell'immutabile.

M'avvicino alla zona dell'internet point, in cui quelli come me solitamente non entrano. I padroni del territorio stanno appoggiati sui cofani, ragazzi mediorientali che nelle favole avevano il turbante. Il gran visir porta i jeans e la lampo dei tasconi potrebbe rigare le carrozzerie. Chiaroscuro gutturale che s'incastra alla speranza sui loro volti di pietra. Scambi ad alta voce e distanze ravvicinate, quel contatto che mi sembra strano. Ma solitamente sono extracomunitari quelli che si tuffano in mare quando c'è da salvare qualcuno, i giornali non danno peso a questo tipo di cronaca. La spontaneità è coraggio, quelli della mia specie si drogano, si suicidano. La sopravvivenza è una dote genetica che svanisce nel comfort.

Svoltato l'angolo. Faccio parte del buio, ecco la parata delle persone stanche, stranieri e italiani, la deriva rende tutti uguali. Camminano curvi, l'umiltà di chi resiste, tutto così familiare. Siamo lo stesso fiume, naufraghi della vita andata, anche degli anziani, uno in sedia a rotelle.

Arrivano dalla Stazione Centrale. Non serve più a niente quella gente, sei produttivo fino ai quarant'anni, poi vieni smaltito e lo accettiamo perché non c'è spazio per tutti.

Luce sempre più tenue e anche il rumore delle auto si dirada. Mi sto allontanando da piazzale Loreto, la voragine illuminata più vasta da qui al centro, scandita dai bagliori dei cristalli liquidi giganti della temperatura, dagli ultimi respiri delle banche luminose e colorate che incentivano la dismissione della tua piccola azienda in perdita. Tutto sta finendo, semplicemente deve scomparire, perché il mondo si è fermato. L'Italia è solo un paese minore, tra marcette e nuovi proclami transatlantici, sperando in nuovi assetti planetari ed economie francotedesche che ci possano salvare.

Verso via Sammartini, sotto i binari sopraelevati, i treni sono fermi a quest'ora. Fetore surgelato dall'hangar del mercato del pesce. Questa è la città in cui trovi di tutto, un tassista mi raccontò che i giapponesi vengono qui a comprare il tonno, tanti pallet che spediscono a Tokyo. Dei tunnel in serie, un set cinematografico abbandonato, una Gotham dell'Est senza le altezze, semplicemente una fila di riflettori incastrati a un soffitto. Vent'anni fa c'erano i locali e le speranze, ero appena arrivato nella grande città, dove oltre alle specie ittiche pregiate incontravo persone di tutti i tipi. Ho vissuto in sette abitazioni, anche qui, dietro alla stazione, libero da quelle abitudini che ritrovavo nelle fotografie della mia famiglia.

Proseguo verso destra, la città mi scivola accanto, oltre le minacce. Non sono protetto, ho sempre collezionato pareggi, sopravvivo da solo.

## 2
## *L'appuntamento*

Pietro Koch è appoggiato a un albero. Sta fumando ed è con altre persone. Gli faccio un cenno, i miei passi pesanti. Mi presenta gli amici. Dico piacere all'unico che si fa stringere la mano invece che incrociare i pollici. Ci sono anche gli ex-buttafuori del Plastic e pure una ragazza. Camminiamo lungo viale Brianza, verso i pulmini targati Est Europa marroni di fango e fumo radioattivo, verso gente che si muove nel buio, che viene interrotta da qualcosa e subito riprende, mentre giovani dal collo largo caricano scatole e pacchi.

La ragazza è Svetlana, la badante che si occupa della madre. Pietro Koch mi dice che siamo qui per aiutarla: parla al plurale, mi acclude al gruppo dei dissuasori che devono fare numero, stargli alle spalle mentre tratterà, discuterà e chiarirà con un trafficante di favori. La badante teme di perdere i cinquecento euro che ha versato, come spesso succede alle sue connazionali quando non c'è nessuno che le protegga. Se ci sono anche degli uomini, quelli capiranno meglio, Pietro Koch si sente obbligato, lei fa tanto per sua madre. Un gesto di gratitudine, ma è anche un fatto personale. Ci avviciniamo. Moldavi, ucraini e romeni che continuano incuranti. Le merci vengono stipate anche nell'abitacolo. Sudore collettivo, testimonianza da altre epoche, tanto aglio, lardo e acquavite. Pietro Koch amichevole con il trafficante, mani sulle spalle. La badante sorride, pare che tutto si risolva. Il suo conterraneo le viene incontro, fa vedere a tutti noi che ora è nella lista con gli altri, le dà un foglietto di ricevuta, il tono è conciliatorio.

Ci allontaniamo, Pietro Koch si compiace, racconta che l'ha convinto con minacce gentili sulle sue conoscenze tra poliziotti e ragazzi che hanno poco da perdere, poi quel consiglio a farsi degli amici veri, che qui in Italia è molto importante, ecco perché gli altri stanno ridendo. Lei lo guarda con ammirazione. Si torna indietro, decidono di passare al posto degli scambi merce, un angolo di via Aporti, proprio dietro la stazione, in cui persone in difficoltà cercano di vendere i loro oggetti personali, puoi anche barattare.

Ci fermiamo nei pressi di un'entrata delle poste abbandonata. Un dislivello coperto da sporcizia e siringhe. Lì ci andavano a morire, ma ora si fanno affari tangibili con oggetti da toccare con mano. Da vicino tutto cambia, azione ogni secondo, come quando torni animale. Gente tradita in tenera età, extracomunitari, extra umanità, extra lacrime, extra gelo, anche tanti italiani dal decoro andato, con vestiti di marca indossati troppe volte e cicatrici che segnano guance, sopracciglia e crani. Vanno e vengono ingobbiti con vecchi monitor, console videogiochi, BlackBerry, alcuni mettono in vendita mountain bike di marca. Trattative in corso e altre che si sono appena concluse, la fretta fagocita le formalità. Contano i soldi e subito li nascondono. La folla vuole spazio, mi sposto senza perdere il contatto con Pietro Koch. Alcuni sudamericani alzano la voce per piazzare delle Converse al possibile cliente. Un uomo dai capelli brizzolati fa da mediatore. È l'unico che indossa un completo gessato anche se ormai andato a male. Ha un velo di barba e ferite recenti sulla fronte, un ex-assicuratore impazzito che ora annusa le scarpe e cerca buchi nascosti. Si rivolge alla folla, vuole farle provare ai potenziali clienti. Li cerca, li attira, perché le scarpe sono come nuove. Gli zigomi larghi andini non ci stanno, vogliono che si parta da un prezzo più alto, il broker sdrucito sa mediare e contrattare, ci sa fare coi tarchiati minacciosi. Un anziano si batte per rivendere la macchina da scrivere elettronica, una delle prime Remington. C'è sempre gente che si ritrova qui, la polizia chiude un occhio. Pietro Koch dice che questo è l'inizio della fine.

## 3
## *In fiamme*

L'odore di concime e materiale chimico bruciato sa di roba andata a male. Attraversiamo le aiuole squadrate di fronte alla Stazione Centrale, esplodono gli atterraggi rabbiosi dei ragazzini a rotelle che bevono birra e insultano il vuoto, minacciosi con chi si avvicina e li guarda. Ci sono anche i figli dei domestici ligi, l'etnia troppo a mandorla per andare bene, si fanno crescere i capelli sulla fronte, si fanno rispettare. L'età in cui devi scontrarti, mentre io sono cresciuto confezionato e davo del lei. Seguo quelli che sono con me, non ci diciamo niente. Svetlana fuma e dice cose alle orecchie di Pietro Koch. Ai lati dello spiazzo e sulle panchine ci sono quelli che si tengono a distanza. Qui c'è più luce, arriva dall'entrata della metropolitana. L'odore di merda ci circonda ma ora si sente di più quello della porchetta che arriva dalla baracca dei panini. La presenza di persone che sono qui per lavorare fa sentire sicuri, i miei anni chiuso in casa sono diventati diffidenza. Tanti senegalesi, nigeriani, ivoriani, più distanti, e per conto loro dei somali o etiopi. Sanno bene l'italiano, ma sono troppo magri per entrare nella nazionale di calcio italiana ed essere applauditi.

L'impatto degli skate, altri ragazzi italiani e non italiani, nessuno li può fermare. Mi basta che siano giovani e sentire che qualcosa cambierà. Questa è l'Italia e qui da noi ogni generazione sul più bello viene costretta a inginocchiarsi, se non sono guerre è pace dolorosa, disagio, frustrazione e ansiolitici di Stato perché così controlli e livelli, c'è già stata l'eroina e ora si parla di precarietà, strumento utile per fare promesse e ricattare.

Passiamo sotto la tettoia arcuata, acciaio e ruggine di una stazione costruita e poi ricostruita, secoli di storia, velleità e speculazioni predemocristiane, una farsa edile che tutti attraversano velocemente rappresenta la città, forse più del Duomo e del Pirellone.

Siamo ai piedi dell'obelisco d'acciaio installato provvisoriamente per celebrare l'instaurazione delle nuovissime linee che superano il record dell'alta velocità, intrighi e corruzione grigio metallizzato, rosso Prada e yacht a vela. Cristalli liquidi segnano l'ora, prima classe e nessun appiglio sul piedistallo in cui i disperati possano sedersi, ubriacarsi, accoltellarsi.

Si sentono le sirene. Qualcuno ha dato fuoco ai cassonetti in fiamme sui lati del marciapiede esterno, gli abitanti dello spiazzo si avvicinano a uno degli orologi comunali che è stato distrutto, le lancette girano ancora. Quello dei panini non vuole usare il suo estintore, stanno arrivando i pompieri.

Sceriffi contro chi devasta, arrivano i nostri, una camionetta Defender salta sopra al marciapiede, militari e poliziotti ancora insieme, un'alleanza già sconfitta perché nessuno può fermare l'evoluzione naturale di un paese che altrimenti scomparirebbe. Gli agenti raccolgono le testimonianze, veniamo raggruppati, dobbiamo mostrare i documenti. Quelli come me qui non ci stanno, guardano la tv, quei serial che riproducono realtà agghiaccianti e perfette. Ascolto le loro parole roche e rantoli nasali, non sono più delle voci, faccio parte di un'isola che accoglie e nasconde.

Tre non italiani vengono spinti sulle camionette, uno cerca di opporsi.

Dalla centrale chiamate per altre emergenze, i poliziotti hanno cose più importanti da controllare. La tensione è attorno alla città, divisioni e fratture dopo anni di promesse e futuro sui manifesti 6x3. Ma ora è tutto finito in nome del nuovo pragmatismo democratico che ha come obiettivo il ripristino della verità, anche la libertà può essere imposta. Le reliquie si sbriciolano, la nuova classe al potere ripudia gli show e non cerca l'amore incondizionato dei cittadini telespettatori, i portavoce confermano che c'è solo da governare e rimediare ai disastri della precedente gestione.

Altri testimoni, tutti noi possiamo avere visto e sentito, dobbiamo prestare la nostra collaborazione. Gli agenti si rivolgono anche ai ragazzi che lavorano alla baracchetta.

Gli extracomunitari preferiscono evitare le divise, abituati alla brutalità delle loro polizie, di professori, genitori e fratelli maggiori. I testimoni si rivelano un prezioso aiuto per le forze dell'ordine, si distingue un uomo con gli occhiali da vista sporchi e il colletto consumato che trascina un cane vecchio al guinzaglio. Accusa quelli delle gang peruviane di via Forze Armate, secondo lui arrivano qui per marchiare il territorio e dimostrare che sono più forti, sprezzanti delle nostre leggi. Quello della baracchetta ha visto dei ragazzi scappare a piedi, adesso è il mio turno. Propendo per una versione inedita, do la colpa ai ragazzi delle bande miste di via Padova, terze generazioni di immigrati che operano assieme ai nuovi italiani, lobby specializzate in danni alla proprietà pubblica e privata, spesso danno fuoco ai cassonetti. Anche Pietro Koch è interrogato e mi dà ragione, aggiunge dettagli sui loro luoghi di ritrovo, dal Bar dei Lord alla sala da bowling.

I poliziotti compilano carte e ringraziano i cittadini per la collaborazione, ma non si allontanano perché c'è ancora da fare per il bene della comunità. Fermano i ragazzi con lo skate e sequestrano bottiglie che svuotano a terra, controllano dentro le loro tasche. Quei pochi passanti estranei osservano indifferenti, evitano gli avanzi dell'umanità, proseguono verso via Vitruvio. C'è anche la pace dei passeggeri che cercano un taxi, madre e padre biondi con un figlio piccolo che piange, quel Nord Europa sempre così ricco, civile e progredito, migliore di noi, che siamo solo un popolo di sudati.

# 26 giorni all'Expo

## 1
## *Milano di merda*

È ufficiale, Milano puzza di merda. Gli esperti hanno scoperto un danno ai condotti. Puntuale si è materializzata l'ordinanza antiodore: si è già a buon punto, ma ancora non si può pretendere che il problema venga risolto. In questi giorni non si parla d'altro.

Dallo schermo piatto, le immagini della città sottoposta all'emergenza odore e il traffico dei mezzi di pronto intervento spurghi e fosse biologiche. Qualcuno ha assistito a getti di liquame al parco Palestro, come esplosioni sotterranee. Dai periti pareri contrastanti, s'ipotizza che in alcuni punti la rete fognaria abbia ceduto per via del sovraffollamento, colpa delle stratificazioni di gente venuta qui per il lavoro bello. Mi meraviglio che ancora qualcuno non dia la colpa alla merda non in regola. Si auspica comunque un rapido ritorno alla normalità, che però potrebbe essere reso più difficile dall'ondata di caldo eccezionale.

Il Comune si sta già muovendo con interventi e trovate dedicate ai media, bastano dei vigili, delle transenne e dei rilevatori per monitorare costantemente l'aria. È già in atto l'intervento sopra e sotto il livello della pavimentazione, squadre della Protezione Civile giunte da tutto il paese si stanno impegnando nella localizzazione delle fuoriuscite, coadiuvate da tecnici del genio in tuta bianca e autorespiratori. Si vedono sempre più cittadini con la mascherina, anche una task force proveniente dall'India, nazione che in parte è riuscita a debellare i problemi dei deflussi fognari nelle grandi metropoli.

S'imputavano responsabilità anche alle continue installazioni nei parchi e di nuove isole verdi. In realtà, si è dimostrato che il concime non è causa del tracollo olfattivo di questi giorni. Anzi, il verde urbano si espanderà ancora di più, secondo il giornalista del free press che si firma con le iniziali g.m. Preferisco queste pagine gratuite a quelle dei quotidiani nazionali, perché le notizie di quartiere vengono trattate nel dettaglio e io sono sempre di più la città.

Ora posso nutrire il mio tempo libero e avvicinarmi alla fine del mondo, sperare che un giorno i dilaniati delle guerre tribali attaccheranno i dicasteri. L'ondata di merda porrebbe fine alle speranze di vita migliore. Sto annegando, dal punto di vista economico e sociale. Non sono il solo, rinunceremo alle case, prigioni che non si possono più mantenere. Lo dicono anche i giornali che la merda arriva dalle abitazioni e intasa le fogne. Fa caldo, il clima ideale per dormire all'aperto, alla scoperta degli angoli più appartati, devo solo accettare che non ho più niente. Devo trovare il coraggio, lo sconforto mi porta a ripetere azioni sterili del giorno prima, colloqui, ristabilire contatti di lavoro. Voglio uscire a dormire all'aperto, tenendo il bancomat nascosto nelle mutande.

# 25 giorni all'Expo

## 1
### *Controllo mail, non si sa mai*

Mi costringo a controllare la mail, lo devi fare perché a volte ti contattano per dei lavori, nel mio settore siamo in tanti ancora a piedi, magari torno ai novemila euro iniziali di saldo. Mi dirigo verso il webpoint, un uomo sul marciapiede opposto trascina una coppia di trolley che urtano sul selciato dissestato. Lo riconosco, è quello che faceva da intermediario al mercatino abusivo dietro la stazione. L'ex-assicuratore impazzito, ancora dei brandelli d'eleganza, il completo gessato è deformato dai gomiti e dalla schiena ossuta, i suoi capelli incorniciano il colletto. Muove le labbra. Anche lui senza mascherina, condividiamo lo stesso odore. L'uomo dei trolley scompare dietro via Padova e io mi devo fermare alle zolle senza vita di piazza Durante. Mi appoggio all'albero che cresce inclinato, da queste parti il verde ha sempre avuto le ore contate, le aiuole qui non arrivano, è zona protetta dalla botanica ad effetto, ci s'inventa disagi ambientali, ma siamo noi a non andare bene. Mi viene da pisciare, un fatto nervoso aveva dichiarato il medico aziendale, dovuto allo stress accumulato. Violo la normativa che in città limita i bisogni corporali ai soli luoghi adibiti. Da quando si avvicina il grande evento dell'Expo, l'immagine della città è importante. Si limitano tassativamente azioni e comportamenti che siano contro il decoro.

Una donna accompagna il cane che non sta pisciando, ma annusa le ruote. L'animale viene sconfitto dal guinzaglio teso, la libertà resta nell'istinto frustrato. La donna sta leggendo un sms.

Le chiedo l'inutile ora nella via costeggiata da orologi, il suo protettore viene amichevolmente verso di me. Allungo la mano sotto il mento, un finto pastore alsaziano, m'intendo di cani. Bisogna essere gentili e rassicuranti con entrambi, la donna coetanea e terza di seno mi risponde con l'ora sul suo cellulare, la cortesia è importante e quindi sorrido mentre la ringrazio per il favore, ma conoscere una donna non è più una soluzione, sono fuori tempo limite. Le faccio un cenno di educazione e riprendo a camminare, l'internet point è ancora acceso e brulicante di vita che entra ed esce, niente gabbia orari.

Tiro fuori il cellulare e lo rinfilo in tasca, il modo più neutrale per entrare. Un cenno al tipo in ciabatte. Odore di chiuso, sbraitano e respirano ai telefoni con Skype, sui monitor cartoni animati, quotidiani online, capezzoli e culi che battono la religione, qui niente tuniche e stracci putridi per caldo e secrezioni, non è razzismo. Anche il fritto del take-away cinoperuviano appena mangiato dal regista delle postazioni che decide quale numero assegnarmi.

Sui diciotto anni e col taglio di capelli da ballerino della tv, come usano i coetanei di qui e i calciatori, segno della libertà che c'è da noi. La sua gentilezza, siamo i padroni della terra che lo ospita.

In silenzio, attende che ordini. Verbalizzo l'opzione internet, potevo anche scegliere una chiamata internazionale. Ci vuole un documento. Le autorità tengono sotto pressione i gestori degli internet point. Anche la piccola contravvenzione viene utilizzata per poterli ricattare e ottenere informazioni sui sospetti terroristi.

Non sono abituato a essere controllato, prende il numero di carta d'identità, il poliziotto egiziano all'aeroporto di Sharm el Sheikh mi chiese perché fossi lì. Gli risposi che ero con mia moglie per una vacanza.

Il documento mi viene restituito insieme a un biglietto con un codice alfanumerico scritto a matita. Mi accomodo alla postazione dodici, in fondo. Chiudo la finestra Skype che si attiva automaticamente, tutti urlano e gesticolano con i famigliari dall'altra parte della webcam, si ritrovano da così lontano. La tastiera è differente, non riesco a trovare la chiocciola. Mi volto verso il ragazzo al bancone che ora è al cellulare. Mi fa cenno di attendere. Parla a voce bassa, sono già passati due minuti e dieci che sto pagando io. Tre minuti e due.

Richiamo ancora l'attenzione del gestore. Tre minuti e ventuno, arriva e mi sblocca il computer, guarda il bigliettino e inserisce il codice alfanumerico nella casella, poi s'allontana.

Mi ritrovo automaticamente su Yahoo!, la mia password è Cornersoul75, nella mail solo spam, truffe e pubblicità, nessuna opportunità o amici che mi vogliono.

Digito repubblica punto it dove ci sono le notizie dei nuovi grandi licenziamenti anche in America e Francia, la fila dei sorteggiati, più giovani di me, qualcuno sembra che pianga. Non si fa in pubblico, me lo sono sempre vietato. Hanno più speranze del sottoscritto, possono riqualificarsi, vivono negli Stati Uniti, tutti sappiamo che lì puoi farcela e rifarcela. L'articolo più letto è sul silicone esploso alla moglie di un calciatore inglese, wags si chiamano, che vuol dire wife and girlfriends e sa di puttane. Entro nella galleria, pronto a fuggire dalla finestra se troppo scabrosa. Nessuno alle mie spalle, il ragazzo è appoggiato alla porta d'entrata e parla con gli altri. Si apre la schermata, pose in topless, tra le gradinate, alle serate di gala, in motoscafo. Spicca l'effetto maglietta bagnata della ragazza, la fidanzata del portiere del West Ham e anche della nazionale. Passi e parole, un bambino mi si avvicina per guardare, lo ignoro mentre cerco di uscire dal link, il computer è impallato. Cerco i cavi da staccare per interrompere l'alimentazione. Arrivano anche gli adulti, suoi parenti. Lo prendono per mano. Nessuno ride o si ferma. Commenti in arabo attorno a me, mi alzo e vado velocemente alla cassa. Quello del bancone controlla il tempo dal server, devo sborsare un euro e cinquanta. Mi dice che è ancora acceso, ma che chiude lui. Gli lascio due euro, mi dice di no, che i tre minuti a vuoto dell'inizio me li ha levati. Lo saluto ed esco veloce, verso casa. Cambio marciapiede, corro ancora, giro l'angolo sulla destra. Devo pisciare, è il nervosismo.

## Dalla rubrica "Voci dalla città di niente", spazio a cura dei lettori del quotidiano free press

"Sono nato in questa città, ma ora quando rientro mi sento un estraneo. Che perda il migliore"
Paolo Torchio, 45 anni

"Il bello della melanconia è che non ti preavvisa mai"
Anna Lomboni, 42 anni

"Mi alleo ai cinesi e lo metto in culo a Milano"
Antonino Munafò, 34 anni

"C'è sempre di più quell'odore lì. Vorrà dire che mi farò il pane in casa e non andrò a comprare il giornale"
Titti Vitale, 61 anni

"Io cammino per le strade, ma ho in mente me"
Avy Candeli, 40 anni

"Abito in una zona ad alta densità di immigrati, gentili, educati e tanto moderni. Mi chiedo se esistano ancora quei popoli i cui figli sognano di possedere una palla di pezza"
Gianluca Lisi, 46 anni

"Spesso il dolore ha volti belli, ma non basta: volevo crescere in un posto senza il verde per pochi. Volevo crescere in un posto con le parole da inventare"
Michela Sartorio, 37 anni

# 24 giorni all'Expo

## *1*
## *Career & Opportunities*

Quelli di AgiAmo & Associati si sono fatti vivi. Vogliono mettermi alla prova. Un depliant con ricette per insalate nostrane. Nel testo devono ricorrere gli ingredienti di spicco del loro cliente comasco ma con velleità internazionali, la linea "Italia Bella Sana&Fresca". Il dottor Allevi è sicuro del risultato del lavoro, conta sulla mia presenza alla riunione di presentazione al cliente. Per conoscerlo e farmi conoscere, converrebbe visto il mio alto profilo professionale. D'altronde la sua intenzione è implementare lo staff, d'altronde i segnali d'incoraggiamento sono notevoli, d'altronde, d'altronde, d'altronde. Mi ha raccontato che è fiducioso, è inserito nella Milano bene, anche lui, come gli altri catalizzatori del sottobosco produttivo della meravigliosa città dei soldi, sta ricalibrando le sue conoscenze e la rete degli appoggi politici. Avevo chiesto i mille euro del mio tariffario secondo esperienza, non posso chiedere meno per coerenza alla mia professionalità. Allevi si è scusato a nome della sua agenzia e quindi mi pagherà quattrocento euro, però è fiducioso che sarà solo l'inizio di una proficua collaborazione.

Il dottor Allevi è soddisfatto che io abbia la chance insalate. Il dottor Allevi si è premurato per l'utilizzo della senape, il prodotto più invenduto. La infili, la infili, mi raccomando.

Ho prelevato cinquanta euro, mi permetto di festeggiare, ordino carne e insalata, tutto speziato come vuole il signore tarchiato, cicatrici d'ordinanza, tv sempre accesa sulle reti egiziane. Intorno la clientela abitudinaria e una cantante a colori e coi sottotitoli che fa spazio alle notizie in italiano sulle moschee presenti nel territorio. Le voci s'alzano, c'è rivalità fra egiziani e nordafricani, dal calcio a tutto il resto. Aspetto che il mio pacco sia pronto, il proprietario del bar mi accompagna fino all'uscita, per sdrammatizzare.

Lo ringrazio, tiro su la bandana antimerda che mi dà un'identità, sono anch'io vittima di soprusi.

Passo di fronte alla vetrina del calzolaio, scarpe d'occasione a trentacinque euro, un cinese che mi sorride anche se non sono mai entrato. Squadra le mie scarpe inaccessibili Mbt da colloquio. Ne vende un paio di imitazione irlandese, do un'occhiata alla sua merce che fa il verso alle antishoes, le scarpe in questo caso rilassano la cervicale, invece che i lombari. Devio verso casa, ma il portone mi viene sbattuto addosso dal portinaio. Busso e spingo, grido dal vetro antiscasso. Non mi vuol fare entrare, ci sono le scritte arabe sul pacco, gli urlo che è solo cibo, mi levo la bandana dalla bocca, ma non si ricorda di me. Poi ecco che mi apre, saluta gentilmente ora, come se non fosse successo niente. Si chiude nel suo gabbiotto e scorre un registro, prima che si spalanchino le porte dell'ascensore mi ricorda che devo pagare l'affitto e segna il mio nome su una lavagnetta appena appesa. Nuova disposizione del padrone del palazzo, sono tanti ormai gli inquilini stranieri che vivono qui, dobbiamo essere puntuali. La mia intenzione è chiedergli se lui si sente straniero. Non dico niente, ci sono anche altri su quella lavagnetta. Cercherò di non farmi più vedere.

## Dalla rubrica "Voci dalla città di niente", spazio a cura dei lettori del quotidiano free press

"Angoli di paradiso in ogni inferno. Sognare posti migliori è futile, oltre che vile. Paranormal Simplicity"

Michele Ranauro, 34 anni

"Chiamatela come volete, ma da queste parti c'è sempre una puzza forte, ma dico forte di M____A da mattina a sera ma d'altronde non si sarebbe fatto niente se non c'era l'Expo e i ristoranti carissimi nei dintorni"

Francesca Elma Pagliagot, 54 anni

"Sì però passiamo dalla protesta alla proposta, dal terrestre all'extraterrestre"

Gianluca Lisi, 46 anni

"Prima venivi rispettato per come usavi la spada. Poi sono arrivati gli illuministi e ora devi avere il curriculum pieno di stronzate"

Alberto Ponticelli, 42 anni

"PRESA DI POSIZIONE SIGNORI! È IL MOMENTO DI FARSI VALERE. Animal Liberation Front"

Paolo Priano, 47 anni

"Ho la maglia di Johnny Thunders e posso uscire felice. Abbastanza mia è la città"

Michele Basetta, 36 anni

# 23 giorni all'Expo

## 1
### *Non fai più parte dell'ora di punta*

Il dottor Allevi mi accoglie nella sua stanza, soddisfatto per la qualità del compendio ricette verdi, in cui predomina l'utilizzo della senape di Digione. Ho consegnato il lavoro, pure la ragazzina era soddisfatta. Fantastica la mia digressione per introdurre l'insalata del corsaro, la catalana e l'Islanda. Si scusa per l'odore che arriva da fuori, ci tiene a farmi sapere. Declino le scuse, anche io conosco le cause, come tutti quelli che vivono nella città di merda.

Siamo rimasti soli e ora inizia un discorso sulla situazione della ditta in generale e poi eccolo andare al nocciolo della sua passione che è il lavoro che, se non lo intendi come un obbligo, ti fa realizzare fantastiche idee, così continua a chiamarle.

Tira fuori il suo portfolio, che tasta prima di aprire, il grande albo spandi lusso che raccoglie i gloriosi lavori che gli hanno dato lustro. Pagine di pubblicità e iniziative promozionali create da lui, che ha fatto tradurre in inglese, tedesco e cinese: *Se lo stracchino fosse una rockstar chi sarebbe?*, una frase concept di strategia marketing che definisce geniale. Per lui è così importante cimentarsi col mondo, quando si trova all'estero non perde occasione di procurarsi altri contatti e io posso capirlo, visto che provengo da importanti realtà professionali.

Evito di guardarlo negli occhi.

Sogna a voce alta, ora devo seguirlo. Si sta confidando, dei rimpianti. Quanto sarebbe bello fare parte di quelle realtà, mi dice.

Gli uomini a volte si aprono. Tira fuori dal cassetto una chiavetta usb, smaltata, madreperla e brillantini che sventola sotto il mio naso, affinché io deduca qualcosa.

Il cursore scorre tra le foto ai portoni di tutte le agenzie che ha varcato e in cui stringe mani o posa abbracciato ai grandi nomi che non conosco. Mi indica uno che si chiama David Droga, lo definisce il Maradona della comunicazione, ma ora c'è uno ancora meglio di lui. Parte un filmino, in cui il dottor Allevi percorre i corridoi dell'agenzia numero uno di Londra, ci è riuscito a fare un'esperienza lavorativa di una sola settimana, ma indimenticabile. Spegne tutto, mi dice che in Inghilterra si lavora ancora con la carta e la penna, devi tirare fuori delle idee. Lo assecondo come dice il buon senso, riesco a staccarmi da lui che intanto riceve una telefonata. Mi congedo con Eleonora, faccio pressione per il pagamento della fattura, se può anticiparlo, le faccio notare che è meno del pattuito, mi aspetto di più da loro. Sorride come se fosse vera, mi rassicura. Scendo le scale, torno in strada. Anche se il sole si è abbassato, il caldo resta eccezionale, lo dicono anche ai tg di questi giorni, un aprile tra i più insoliti degli ultimi trent'anni, il calore sull'asfalto offusca l'orizzonte. Ma è anche l'odore ad appesantire la sensazione.

Ombre dai tetti che s'allungano, i profili sempre più gotici dei palazzi del centro. Accumulare ricchezza è come cercare di vivere per sempre. Qui, a contatto con altri che ancora percepiscono uno stipendio. Sono le diciotto e trenta, mi aggrego al fiume degli spensierati, ai tanti che si sentono frustrati nonostante un'assunzione, perché il contatto con la vita esterna è importante e chiuso negli uffici t'inventi il mondo che non c'è. Tutto può cambiare all'improvviso. So che ci sono questioni più importanti, ma mi accontento di tenermi i soldi che ho in banca, anche se dovrei interessarmi di più all'immediato futuro, soprattutto se posso guadagnarci, dovrei fare pressione con l'avvocato, non l'ho più richiamato. La vertenza con l'ex-datore di lavoro è ancora in ballo e di certo non posso contare sui quattrocento euro del dottor Allevi, visto che non sono neanche un sesto dell'affitto.

Tutti abbiamo paura di fallire. Non è Milano, è la vita come ti viene proposta, un modello in cui tu esisti solo se corri e non ti volti indietro. Si è rotto il meccanismo.

Lo devi mettere in preventivo che puoi essere costretto ad abbandonare la casa e dimenticarla, perché le condizioni sono queste. Non hai più delle mura in cui alimentare tutte le azioni e gli sforzi che concorrono al giorno dopo, nessuno a cui chiedere aiuto. Alcune persone spariscono, il passato scompare e invecchiano le ossa. Ai colpi ti abitui, a non avere il tetto, la casa, perdere tutto. Mi sono sempre riconosciuto nei ruoli, nel lavoro, nell'aver colmato il casellario dello stato civile. Finché vivi dentro l'organigramma di vetro la tua giornata procede, aspetti con lentezza la fine, avevo dimenticato l'euforia. Ora sono solo me stesso e devo cercare di recuperare l'inizio. Dicevo sempre e solo sì anche da bambino. Sono sensazioni, ma è lo stesso il freddo, tutti se ne andranno.

Pietro Koch mi chiama al telefono, è nervoso. La madre di Svetlana si è ammalata e forse deve operarsi e preferirebbe che l'intervento si facesse in Germania. Pietro Koch deve alla badante il cinquanta per cento di quattro mensilità arretrate, per fortuna senza gli interessi, una cifra che tocca i milleseicento euro. Ha bisogno di respirare, mi dice che ha sentito l'avvocato del lavoro e anche lì cattive notizie, mi chiede quanti mesi mi hanno proposto, le relazioni sono fatte di scambi e confidenze, gli rispondo ciò che si aspetta, che dovrei cavarmela con sette mesi. Pietro Koch è come gli altri dell'ora di punta, ha in mente delle ritorsioni, tiene pur sempre la copia di tutte le chiavi e sa i codici dell'antifurto e gli indirizzi dei capi e di quelli che stavano nelle simpatie dell'amministratore delegato. Quelli i soldi ce li hanno, noi siamo nella merda e loro guadagnano settemila euro, leccando culi e parlando inglese con altri figli di puttana internazionali. Pietro Koch si fida di me. Lo consolo anche se non è necessario, tutto andrà per il meglio dico.

# 22 giorni all'Expo

## 1
## *Tutto il giorno in giro*

Non ho niente da fare a casa, tutto il giorno che cammino, fa caldo e c'è il rumore dei lavori. Dalla piazza del Duomo mi sposto in galleria Vittorio Emanuele, ombra e turisti, fidanzati, bambini che calpestano le palle del toro. Qualcuno m'ha detto che in questa zona bruciavano le streghe e gli inadatti a vite familiari. La città spinge alla melanconia, all'ondata dei suicidi, anche se la puzza di merda è notevolmente diminuita e pure le mascherine.

La vampata condizionata m'investe, sono appena entrato nel megastore politicamente corretto, mi sono portato dietro la ventiquattrore ancora come nuova e lo zainetto con l'iPad e le Mbt. Stanotte voglio vendere tutto al mercato dietro alla stazione. Scendo la rampa di scale che mi porta all'area audiovisivi. Le facce delle rockstar appiccicate alle pareti da almeno quindici anni. Passo prima dai cd, per ascoltare con le cuffie ciò che non compro mai. La musica è tutta uguale alla mia età, c'è scritto ambient, industrial, nu metal.

L'addetta alle informazioni col ciuffo verde seleziona il pezzo della pubblicità dei chewing gum. Varco il confine che divide i due store al centro del piano sottoterra. Entro nella città libera di Feltrinelli, sottospazio del piano meno uno, ci sono le poltrone.

A volte ho scambiato parole con qualche donna. Il solo fatto di avere un libro in mano mi dava più sicurezza, mi sentivo più spontaneo nella simbiosi di essere tra quei pochi che leggono in tutto il paese, e allontanavo l'idea che stessi infastidendo.

La voce microfonata preannuncia la presentazione di un prodotto editoriale, un saggio. Sono tra il gruppo dei curiosi, spettatori che simulano attenzione, i telefonini spenti e i maglioni a V, un semicerchio di sedie da ospedale che cede l'onore dell'attenzione a un dotto dai capelli bianchi. Il microfono fischia, non sa usarlo, lo tiene troppo lontano, gli dicono di avvicinare la bocca. L'uomo al centro parla del dolore, in termini di psiche, la causa è il narcisismo dice. Capisco perché un giovane lo potrebbe considerare un vecchio stronzo. L'esperto in psiche mi guarda mentre gli passo davanti, l'irriverente traiettoria distrae i guardoni. Cerco libri lì attorno. Frugo tra le coste, titoli invitanti, leggo le trame e mi accorgo che nessuno parla di me.

Risalgo rampe di scale, gente senza ritmo che mi viene incontro per ammortizzare il tempo libero prima di chiudersi in casa. Esco dalla chiesa del sapere.

Di nuovo al livello stradale, un barbone entra da McDonald's. Quelli del servizio d'ordine s'avvicinano, hanno modi gentili, siamo tutti esseri umani. Un altro vigilante arriva con un pacchetto take-away, lo fanno uscire gentilmente. Mi posso permettere la lucidità e accorgermi che ormai è malato, aggrovigliato nei ricordi senza memoria. La fame ti cambia, spinge a chinarti, la fame costringe, che ne so io della fame, ho una riserva che lui non ha, il bancomat non è povertà. Ho diritto a quasi diciannove anni di contributi, potrei rivolgermi all'Inps e chiedere un sussidio, fare le pratiche.

I piccioni sbattono sui lucernai, cercano il cielo sotto la cupola di vetro, la trasparenza non viene percepita in natura. C'è tanto spazio tra noi e la prigione di vetro, restano lì comunque, l'istinto ha bisogno di intelligenza. Noi siamo liberi e possiamo uscire da questo inferno ospitale, dimenticare le velleità liberty ricamate sui tendoni dei ristoranti salotto e i menù giganti a caratteri graziati allo zafferano da servire ai turisti dell'Est che si godono la città della moda. Nessuno sa volare, la mia stessa condizione.

Digito la combinazione della ventiquattrore, dentro ci sono ancora documenti importanti risalenti alla vecchia struttura. Si apre, faccio cadere i fogli per terra, niente più segreti, così tutti vedono che qualcosa può inghiottire la vita di un uomo. Lo spettacolo prevede che io strappi platealmente questi ormai inutili allegati, documenti che avrei dovuto restituire ai fini della privacy aziendale. Turisti russi, forse anche tedeschi o scandinavi, masticano e mi osservano, i bambini belli mi indicano. Dalle loro parti s'incoraggia il benessere. Se non fossero ricchi contenti di esserlo diventati non si farebbero la vacanza familiare a Milano, la città delle marche e dei mafiosi vestiti bene.

Taglio verso corso Europa ancora più deserto, militari di guardia a qualcosa di israeliano o americano. Il compromesso di questi giorni, allentare la presa: i visitatori devono poter godere della città.

Affretto il passo, supero il marciapiede e passo sopra alla ringhiera.

Dentro l'aiuola, cane libero tra i recinti, per godermi il prato trapiantato e quei cartelli poco invasivi che ringraziano i benefattori, sponsor dello sforzo ecotutto a favore della collettività. Verde diventato buio, tra i cespugli, la luce scende, la borsa porta-computer striscia quasi per terra, ci sono bar e tanti negozi aperti lungo il tragitto a quest'ora ancora turistico. La carità si chiede ai baristi, come ho visto fare a due senzaniente. Sono entrati e hanno chiesto cibo e il barista gliel'ha dato subito, avanzi messi da parte perché stavano chiudendo.

Elemosinare da mangiare è innocenza, la resa e l'umiliazione di chi non l'ha mai fatto. Provare com'è stare all'ultimo gradino e guardare negli occhi il barista. Per favore qualche avanzo da darmi, devo dire. Mi dirigo verso un posto da aperitivi che sta chiudendo, ma vengo fermato dai buttafuori, passo a quello dopo, supero i portici. Il pianobar sta smontando, nelle fotografie piatti per turisti dal condimento arancione. Uomini d'affari greci, turchi, bulgari o iraniani, traffico d'armi, droga, prostituzione e pornografia. Si alzano e vanno verso la cassa, già delle sedie in colonna e incatenate. Devo solo entrare e per come sono ridotto capiranno, mi basta sillabare il minimo.

Entro dentro il lounge pub con tende, veranda e ammazzazanzare elettrico – "Per cortesia, avete qualcosa da mangiare" – aggiungo gentilmente e correttamente "che vi avanzi" – non sono sorpresi, tirano fuori pezzi da aperitivo accantonati in una scatola. Apro le mani, porto via e metto in tasca, ringrazio.

Ci sono riuscito, nessuno mi guarda.

Prima assaggio il pezzo di pizza troppo unto. Più semplice di quanto pensavo. Non sarà sempre così. Quando perdi il controllo sull'aspetto non ti fanno più entrare nei bar. Il punto di non ritorno, la prima volta. Non ho una vita in cui tornare, non vado più bene per guadagnare, alla mia età non posso produrre quanto stabilito dalle strutture. Non m'aspetta nessuno, interagisco col fondo, quelli come me, da più tempo di me. Una vita precedente ancora per poco tempo, supero gli odori, lavarsi non è una priorità.

## 2

## *Prove di speranza*

Tanta gente al mercato dietro la stazione, in prevalenza uomini che insistono sui prezzi. Tutti devono essere grati a chi ne approfitta, non si può giudicare la propensione all'affare di chi ti sta salvando, anche se vuole pagare solo qualche spicciolo.

Ho della merce preziosa da offrire, mi disfo di oggetti inutili senza lavoro ed elettricità, si estinguono altri pezzi della mia vita precedente, ben confezionati dalla tecnologia. Ricordi sempre più sterili, senza più contesti perché la mia vita non è più come prima. Appoggio sull'asse mutuato a banco la mia ventiquattrore e poi mostro a tutti la vera chicca, il mio iPad3 ancora tenuto bene, nella sua custodia su misura. Si deve stabilire il prezzo d'asta. Nella trattativa anche le Mbt, considerate scarpe da ginnastica qualsiasi, solo i ricchi ne apprezzano le qualità ortopediche.

L'ex-assicuratore impazzito accende il mio iPad3 per provarlo. Ma io glielo chiedo indietro, solo qualche minuto, per assicurarmi che le gallery fotografiche siano resettate. Nascosto tra le icone è rimasto un album di scatti di quando io e mia moglie eravamo noi. Le nota pure lui, mi dice di avere avuto una moglie e un figlio. Cancello ogni prova, posso dimenticare quel volto.

I potenziali clienti valutano da lontano il mio articolo, ci sono da piazzare anche pc e dei Mac, cellulari e palmari, Playstation. La ventiquattrore mi fa guadagnare subito trenta euro, l'ex-assicuratore fallito ne intasca cinque. Ma l'iPad3 resta invenduto, non è competitivo, se ne trovano tanti in giro. Chiedo trecento euro, abbasso il prezzo, grido la nuova valutazione: duecentocinquanta, custodia compresa. L'ex-assicuratore impazzito sta contrattando con un nordafricano, ribadisco il mio prezzo. Io, io, io, dice il cliente interessato, lanterne da campeggio illuminano la trattative. Altre ombre stanno arrivando, l'ex-assicuratore impazzito accende e spegne l'iPad3, mostra la mercanzia ai nuovi potenziali acquirenti. Non si fida, tiene tutto con sé, finché non compaiono i contanti. Il nordafricano cede e tira fuori i duecentotrenta euro.

A me ne arrivano centottanta, la legge del mercato quando non hai più niente. Ho aspettato la chiusura per le Mbt, ma nessuno le ha volute comprare perché di una marca troppo di nicchia, pochi sanno che valgono molto più delle Nike.

Gli zombie stanno andando via, inghiottiti dal buio lancinante di questo retrocittà.

Faccio per sbrigarmi, infilo le scarpe nello zaino. L'ex-assicuratore impazzito mi dice di non avere fretta, ha un appuntamento di lavoro, ma tra un paio d'ore. Il contegno da travet che un giorno ha preso a botte il suo superiore.

Mi chiede il nome. Sono Andrea, gli dico e poi aggiungo di avere quarantasette anni e che anche mia moglie non c'è più. Vuole sapere ancora come mi chiamo, ma prima che glielo ridica, me lo ripete lui. Andrea e hai quarantasette anni. L'ex-assicuratore impazzito dice di essere Toni, non so se con la y finale. Parla veloce, racconta di nuovo della moglie, si sono separati e poi è morta per un incidente. È successo perché lui ha perso il lavoro, gli è venuto un esaurimento e lei l'ha cacciato, si è messa col suo capo. Poi dà la colpa al suo miglior amico, forse la stessa persona. Lavorava in una multinazionale global service, direttore clienti del detersivo che non inquina – "Sono dei criminali" – aggiunge qualcosa sugli ingredienti – "sostanze cancerogene, che inquinano gli acquedotti" – per questo preferisce lavarsi senza saponi al laurethal phosphate qualcosa, c'è solo da sciogliere la patina del giorno prima e nient'altro.

Continua la sua storia in diretta, è arrivato al momento in cui viene accusato ingiustamente di truffa. Gli internazionali del network lo odiavano, una calunnia perché in realtà dava fastidio a molti, è sempre stato integerrimo, il più capace. Mi chiede se ho visto la fila dei licenziati della Bevis Co., quelli con la scatola di cartone riempita dei loro averi. Annuisco, dice che quei broker cacciati dalle loro tane a Manhattan erano uomini a pezzi e che lui all'epoca ne conosceva molti: Jonathan Richman, Terry Hall, Richard Lloyd, James Osterberger, Johnny Genzale. Il monologo s'interrompe, ci sono dei mozziconi tra le griglie del tombino e le grate dell'aerazione sul marciapiede. Da una custodia beauty-case legata sotto i vestiti tira fuori un fil di ferro attorcigliato a uncino e inizia a estrarre pezzi di sigaretta.

Un cenno e mi allontano. In qualche modo ho attecchito, sto imparando.

# 21 giorni all'Expo

## *1*
## *Security*

Piazza del Duomo immersa nel fragore dei martelli pneumatici, nuove aiuole in costruzione, piante ibride in grado di adattarsi all'ambiente urbano meglio di me. S'investe nel nuovo paradiso terrestre, ma l'odore che passerà alla storia è ripiombato più pesante del solito a piegare l'arroganza di chi sogna a voce alta e ignora questo Titanic quotidiano. La puzza ristagna sopra i nostri respiri stanchi, diamo la colpa alla cappa d'umidità e allo smog. S'ipotizza nuovamente un qualche inedito problema alle fognature intasate, forse è anche l'accumulo di concime. La ricaduta ha sorpreso nuovamente la comunità, i tg regionali teorizzano reazioni termobatteriche provocate dalla coazione dei due fenomeni.

Squadre di C130 ed elicotteri attrezzati, le mascherine tenute esposte in vendita alle edicole. Io non la metto più, mi sto adattando, uno non deve pretendere di stare bene. Pietro Koch invece sì, sta capitolando alla reazione collettiva, all'allarme disastro. Che sorpresa vederlo cedere, eccolo fermo all'angolo di piazza San Babila. Sfida la città, appoggiato al totem countdown all'Expo. Ha la barba di qualche giorno e capelli che non sono mai stati così lunghi.

Ci abbracciamo, siamo più vicini, stesso destino, stessa lingua. Si leva la mascherina e inizia a raccontare, aggiornamenti e propositi, ma prima lo ringrazio per la chance che mi sta offrendo. Tra poco lavoreremo assieme come security al contest di arti marziali, boxe eccetera. Comunque posso stare tranquillo perché a quegli eventi non succede mai niente e poi sarò addetto semplicemente al filtraggio dell'affluenza a uno dei cancelli esterni.

Mi racconta della badante, che gli ha proposto l'entrata in società con il fratello e che per forza ha accettato, vista la situazione, lei nonostante i debiti non lo lascia nella merda. Gestiranno assieme lo smistamento delle connazionali, loro faranno da referenti all'Est e lui darà garanzia come italiano, vista la diffidenza di questi mesi, dopo la bulgara accusata in tv per avere ereditato la casa di un suo assistito. Secondo Pietro Koch bisogna approfittare del fatto che nella loro zona gli anziani non possono permettersi l'assistenza e lui non sta con le mani in mano, dice proprio così. Pietro Koch produce vita. La Regione non garantisce l'aiuto necessario e spinge le italiane che costano di più, per via dei diplomi parificati e delle certificazioni professionali, quindi ha ancora più ragione visto che quei vecchietti dovranno pur pagare qualcuno. Che ci sia lui a garantire, in qualità di cittadino italiano, per le badanti straniere è fondamentale, tra l'altro nella zona lo conoscono e sanno che cosa sta facendo per la madre. Ha adibito ad ufficio il retro del bar. Oltre alla branda c'è già il cartello con il suo nome. Per questioni professionali è stato meglio regredire a Pietro Coccoreddu.

Arriviamo in moto, la zona è all'altezza di piazzale Stuparich. Vengo presentato ai responsabili che mi consegnano una pettorina gialla con gli sponsor e la scritta *Security*. Sono l'unico senza tatuaggi. Si conoscono tutti, chiedono a Pietro Koch se ci sarà a fare servizio al concerto di Bono, l'ex-performer degli U2 che viene a Milano per un concerto benefit a favore del pianeta. Bono garantisce agli spettatori che lui e la troupe viaggiano su un aereo a energia ecosostenibile e che pure i generatori per l'amplificazione non deturpano le margherite.

Ci dirigiamo alle zone di competenza, io sono proprio a ridosso degli agenti che perquisiscono chi entra. Non devo fare niente, sono una transenna umana. Entrano tante coppie, mi aspettavo più affluenza dalle famiglie per uno spettacolo che può interessare i figli piccoli come il circo e lo zoo. Mi metto di spalle per non farmi riconoscere, lo spettatore che mi sembra Allevi è veramente il dottor Allevi, con i figli e la compagna della foto sulla sua scrivania. È perso nel BlackBerry e non si accorge dei controlli. I suoi figli non sorridono e nemmeno l'aliena che vive con lui, le sue forme stanno bene come sulla fotografia.

Allevi è ancora perso nel display, lui e la sua famiglia schematica vengono inghiottiti nel palazzetto dello sport. Devo resistere altre due ore. Sono qui perché mi sono sentito obbligato, un gesto gentile da parte di Pietro Koch che sottintendeva la mia partecipazione.

Dalle porticine laterali compare saltellando uno dei campioni del cartello, già le fasce strette alle mani. Non è il suo turno, un ragazzo di colore della rappresentativa francese. Prende aria, se la controlli la paura diventa tensione, sento dire dagli esperti in botte, boxe e tutto, ma io sto zitto. Ho sempre parlato e detto la mia quand'ero tra i miei simili, sono qui per aprirmi, per migliorarmi nell'ascolto della vita. Mi avvicino all'atleta in modo da poterlo vedere meglio e stabilire un contatto, voglio che lui s'accorga del mio interesse e ammirazione, sono il suo pubblico, forse più rispettoso perché non cerco il suo dolore da applausi, ma l'introspezione che lo ha portato a controllare i demoni. Lui è l'unico sano di questo spiazzo, sta in silenzio e guarda il cielo, cerco di sentire, la sua è poesia dell'attesa, non c'è niente da chiedergli, è lui lo spettacolo.

Da dentro il vile boato che acclama i gladiatori, urla eccitate sulla loro pelle. Altra ondata di applausi, parole ai megafoni, hard rock tamarro degli Europe.

Il ragazzo saltella, colpisce il vuoto e si ricompone, la paura che forse è solo necessaria, la porta di accesso alla freddezza degli assassini. Si è accorto di me, ci guardiamo a distanza, gli faccio un cenno, per me equivale a una parola di solidarietà e rispetto. La voce del megafono tra poco farà il suo nome. Tengo per lui, nell'incontro e nella vita, per chi ha il coraggio di isolarsi e aspettare che le sensazioni diano una spiegazione.

## 2
## *Vecchi arrabbiati*

È appena passata la mezzanotte. Ho guadagnato venti euro per due ore di lavoro, tutto sommato è stato molto semplice. Ringrazio Pietro Koch che ora mi sta riportando a casa. Declino l'invito al bar di Abbiategrasso, basta dirgli che domattina ho da fare, va sempre bene e gli dimostro che non ho perso il controllo della situazione. Pietro Koch è soddisfatto per la serata, a lui i soldi servono per campare e io gli ho fatto vedere che affronto la vita di petto, che tutto può diventare un'opportunità se ti fai il culo e lavori per davvero. Io e Pietro Koch siamo amici, ora rallenta perché c'è una manifestazione.

La polizia illumina la strada coi Defender, di notte non si protesta, neanche i pellerossa attaccano col buio. Si manifesta a quest'ora perché c'è fresco e l'odore si ridimensiona, grazie anche al contributo della vegetazione, una spiegazione che ho letto sul giornale gratis e che riguarda l'anidride carbonica. Tanta gente seduta a terra, capelli bianchi e bastoni da passeggio, anche dei deambulatori. I vigili trattano, ma non ne vogliono sapere.

Si protesta contro lo smantellamento della lapide all'entrata del parco Monte Stella che commemora i resti delle abitazioni distrutte dai bombardamenti, accumulati nell'area subito dopo la guerra e che hanno dato vita a una collina, poi ricoperta di verde, alberi e sentieri.

Le macerie sono sacre, ci sono i ricordi lì sotto, così grida un giovane manifestante. Al posto dell'iscrizione verrà inaugurata una targa dedicata a Stella, l'amata moglie dell'architetto che aveva diretto i lavori per la costruzione di quel dislivello artificiale sopra i detriti di case e vite passate. L'incrocio è ancora inagibile, i suoni di clacson aumentano, la carreggiata resta ostruita dai coraggiosi distesi sull'asfalto.

Arrivano quelli della polizia municipale. Gli agenti dialogano e offrono bottigliette d'acqua, qualcuno viene convinto e aiutato ad alzarsi. Clacson che suonano e le maledizioni contro i vecchi. Vi paghiamo la pensione, grida il ragazzo con occhiali da sole sulla fronte.

Quelli contro il sistema rispondono, imprecano e lanciano pietre. Gli agenti portano via due ragazze. Intervengono altri uomini in divisa, spintonano e insultano chi si oppone, puntano i manganelli. Degli oggetti colpiscono i poliziotti e anche gli anziani sdraiati. Gridano e sembra che piangano, gli indifesi sanguinano sempre di più.

## Dalla rubrica "Voci dalla città di niente", spazio a cura dei lettori del quotidiano free press

"Questa città senza di me non ha senso"
Pietro Putti, 52 anni

"A 14 anni vogliono fare gli amministratori delegati e non più gli astronauti. Che mondo poliedrico"
Chiara Selmi, 19 anni

"Coda al supermercato: non vedo mai gente che si scambia i pacchi in segno di pace"
Michela Bernardinello, 38anni

"Il prossimo Berlusconi avrà i capelli incolti, sarà alto e piacente come un ragazzo di sinistra che però ha studiato, tipo gli editor di Mondadori. Amerà gli animali e il verde e ti dirà che il tuo avvenire spirituale è più importante. Preparatevi a detestare il buono che avanza"
Ugo & Ludo, 42 anni entrambi

# 20 giorni all'Expo

## 1
*Alla moglie dell'architetto*

Abbiamo raggiunto la montagnetta del parco Monte Stella. L'Expo si avvicina, anche le troie sono state cacciate da questa collina artificiale. Terriccio e cespugli, verde che ricopre il dolore di chi non c'è più. Le luci di San Siro, dietro al QT8, si vedono i tetti di Milano e il centro commerciale, strade che la domenica portano al verde, dietro ai casermoni da fuori così decorosi.

Se avessi realizzato un progetto così importante da entrare nella toponomastica della città, non mi sarebbe mai venuto in mente di dargli il nome di mia moglie. Per questo ho perso e cerco ancora di capire. Qua sotto c'è il passato, chi ha visto la fine vuole dimenticare e sperare in una vita migliore. Tanto silenzio, solo i nostri passi di fronte al riverbero da luce artificiale che galleggia sui pannelli solari, eretti sopra le vecchie macerie.

Ci addentriamo nella zona sacra ripulita dal sangue, c'era la rinascita economica, i traumatizzati del dopoguerra venivano rimpiazzati dai più giovani, siamo tutti sostituibili, si concorre al grande ciclo produttivo che dopo una ventina d'anni si esaurisce. Il corso naturale delle cose, si è destinati a diventare macerie su cui edificare il nuovo.

Pietro Koch si è portato un metal detector, la risonanza nelle cuffie agevola le ricerche. Pietro Koch è sicuro che tra queste macerie troveremo pezzi rari, qui ci sono anche i resti della casa dov'è cresciuta sua madre.

Siamo qui per riportare alla luce l'esistenza di chi è stato spazzato via, della gente che non ha colpa, i poveri vecchi che sono stati umiliati ieri sera e quelli come noi, qui per testimoniare ai vivi che l'inferno viene sempre scontato da qualcuno che poi sarà dimenticato. Pietro Koch è convinto, sapeva già delle origini di questo parco, ma quei vecchi sono una testimonianza di una storia fatta di buio e speranze calpestate.

Iniziamo le ricerche, l'apparecchio non dà i segnali sperati, individuiamo solo lattine incrostate e ruggine deforme. Dura venti minuti la nostra perlustrazione, Pietro Koch smuove il terreno, secondo lui qui fu gettata la calce viva, tra quelle rovine c'erano anche dei cadaveri di civili dispersi. Mi occupo di tenere la torcia in mano.

Solo rottami e avanzi da vecchi picnic, qui fanno i fuochi, soprattutto i sudamericani. Pietro Koch raccoglie solo qualche piastrella annerita, sostiene che sia per il fosforo che gli alleati lanciavano dagli Avro Lancaster Liberator.

Tutto ripartirà davvero dal basso, ma tra qualche decennio. Pietro Koch vuole esplorare anche il terreno smosso dai lavori di scavo per l'impianto del nuovo verde. Indica le buche già pronte in attesa degli alberi, ce ne sono tante come sulla luna. Scavalchiamo il nastro, barriera simbolica che fa da recinto. Bisogna prestare attenzione, Pietro Koch ha visto un documentario impressionante sulle frane in Pakistan quando ci sono i monsoni. Ma qui è più semplice scendere fino in fondo, troviamo solo terra, radici e calcinacci come in un qualsiasi appezzamento appena scoperto. Gli animaletti in sciame invadono il cono di luce della nostra torcia, Pietro Koch non dà importanza alla presenza di vite minuscole dalle quali non dipendiamo, nessuno ha bisogno di formiche e insetti, per questo secondo Pietro Koch si possono uccidere. Una mosca non prova emozioni, può stare bene o male, ma istintivamente sceglie di stare meglio. Non esistono formiche bipolari, la natura è perfetta, anche quando un capo branco guida un suicidio collettivo.

Risaliamo lungo i sentieri della montagnetta, guidati dai cartelli che illustrano il percorso fitness in tutte le lingue, fino a qualche ora fa c'erano ancora i fanatici del jogging, il cartello indica i piegamenti sulle gambe, con gli auguri di una buona giornata all'aperto da parte del Comune. Ci fermiamo nei pressi delle nuove infrastrutture della bellissima futurissima cosmopoli lombarda. Pannelli solari installati da poco, diramazioni energetiche alternative di nuova generazione e lampioni che funzionano senza inquinare. Risorse incustodite come nuove specie da ammirare, solo dei cordoli tra noi e quei pannelli solari. C'è una minibarriera da superare. Tocco il metallo conduttore collegato a circuiti che sviluppano energia e cose belle e che non inquinano, non c'è da rimanere fulminati. Pietro Koch inizia a pisciare, schizza sui cavi, io sputo sui pannelli che raccolgono la forza del sole. Tante le aziende che di questi tempi propagandano cicli produttivi a energia solare e del vento, cifre potenziali che se fossero riportate chiaramente farebbero scoprire ai sudditi che è solo una presa per il culo. Notiamo entrambi che la puzza di merda non si sente. Sono le piante, dice Pietro Koch.

# 19 giorni all'Expo

## *1*
## *Ultimatum*

Ho nove giorni di tempo per pagare l'affitto. Nuove regole condominiali, mi dice il portinaio, opera in team con due tori dall'accento balcanico. Prende la parola il butterato, niente di personale nei miei confronti. M'illustra la situazione in un italiano chiaro, semplice ed essenziale. Devo imparare che loro sapranno sempre dove trovarmi. Mi fanno accomodare nel gabbiotto della portineria. È discrezione per il mio bene e la mia dignità, meglio se il vicino filippino che ora sta passando non ci sente. Si fa lo stesso i fatti suoi, scrutato dai modi gelidi degli emissari. Il cinema aiuta a definire il carattere dei cattivi a scapito dei poveracci, meglio soccombere e stare zitti se non ti puoi permettere avvocati e soldi per un'esistenza più protetta. Per i due bravi mi sto approfittando del fatto che sono italiano, ma mica posso fare l'arrogante con loro. I due recuperatori di credito non hanno il naso spezzato e sono gentili. È un lavoro da rispettare, con un guadagno e la contribuzione Inps.

Infieriscono su di me perché io sono la spazzatura, senza più nemmeno la dignità di lavarmi. Italiano di merda, perché l'odore mi distingue, guardo all'orizzonte che non c'è, mi sento immenso e distaccato dai fatti, posso scomporli in attimi successivi, anche il pugile dell'altra notte al palazzetto dello sport si estraniava dalla folla famelica così volgare.

Sto in silenzio, ma questa volta è apertura, sentire che cadi, che sprofondi dove si sta meglio e c'è più aria, senti lo scorrere del tempo.

Mascella butterata schiocca le dita, si gratta l'acne, ha la spilletta dell'immobiliare a cui devo pagare il trimestre. Penso a quel filosofo greco che dormiva in una botte, che diventa schiavo e che nonostante la sua condizione vive da libero.

Posso andare, ora salgo le scale. Il portinaio mi guarda con aria dispiaciuta, ha già imparato come si fa. Il mandante è il padrone di casa, del palazzo, dei palazzi. Non c'è problema gli dico, vado su, ancora casa mia per pochi giorni.

Hanno piazzato uno dei contatori Expo anche all'incrocio sotto casa. Significa che la vita procede anche senza di noi, nonostante le cifre impazzite verso la data epocale, ma dall'alto è diverso e tutto sembra tranquillo. Ancora luce dalle finestre, le eleganti ringhiere a vetri hanno sempre contraddistinto il nostro caseggiato. Quelli di fronte mangiano, membri di famiglia con nonni e nipoti che si scambiano delle fette. Siamo tutt'uno, lo stesso corpo, anche se ci si lascia andare per le difficoltà. Tutto sembra migliore quando sono lontano dal dolore. Si sentono le sirene, destinazione ospedale San Raffaele, a volte quel suono porta salvezza, sembra cercarti personalmente. Traffico decrescente, perché questa è l'ora, vampate arancioni dalla periferia, l'orizzonte scompare tra le luci di Linate. Un gruppo di ragazzi con il cappuccio della felpa tirato su e pantaloni larghi, tipo quelli veri americani, girano attorno alle auto, pure la nostra Golf del duemilacinque. C'è ancora chi lascia nel portabagagli macchine fotografiche e pc.

Sono alla vigilia della distruzione. Qui ora è come aspettare la fine. Devo uscire e abituarmi, quei soldi mi tengono in vita, sono costretto a difenderli dall'affitto e dai ricatti del portinaio. Posso sopravvivere senza spendere. Ho ancora nove giorni prima di salutare il quinto piano da cui mi affaccio da vent'anni. Mi abituerò a rimanere fuori, a non illudermi, per un po' resterò in strada come succede agli altri: sopravvivere un'altra notte, non pensare a niente e a nessuno se ti senti debole. Hai sempre bisogno di qualcuno, invece bisogna camminare da soli.

# 18 giorni all'Expo

## 1
*I motivi sono comprensibili*

Pietro Koch vuole un favore, in nome della nostra amicizia in divenire. Devo buttargli giù un depliant per il lancio della sua attività. La prassi è che mi deve fornire i contenuti della brochure da parafrasare in linguaggio semplice. Dalle sue parti sono dei poveracci, devi presumere una certa umiltà e un livello di studi medio basso, ma non rinunciare a quelle parole importanti perché l'argomento deve emanare sapore professionale, senza sconfinare però nell'arroganza e nello sfoggio di eloquio. Ci si deve comunque fidare quando si è al cospetto dei piani alti dell'umanità, l'oligarchia degli evoluti recrimina sull'ignoranza diffusa, provocata chiaramente dalla dittatura del biscione in cui bastava un congiuntivo e si passava per intellettuali.

Pietro Coccoreddu vuole comunicare i vantaggi del suo servizio, mi dice che la gente interessata deve sentire il bisogno di rivolgersi a lui e a Svetlana, che comparirà in una foto con didascalia come selezionatrice e coordinatrice del personale. Il retro del bar ormai è stato attrezzato a ospitare gli anziani, i vicini possono portare i loro cari. Bastano anche delle offerte libere. Comunque il team di badanti tutte straniere è in grado di fornire assistenza anche a domicilio. Le prescelte pagano una quota per avere la possibilità di una chance, comprensiva del periodo di tirocinio.

Pietro Koch vuole offrire il pranzo, il pesce è buono e prendo anche il formaggio. Mi chiede quanto costa il mio servizio, ma declino e gli dico che è un amico.

Pietro Koch si accoda al commento del tg regionale. Un servizio sugli atti vandalici incendiari di stanotte di cui vengono accusate le gang dall'hinterland. Mi sta facendo capire meglio. Si avvicina, sono complice, le confidenze significano la crescita di un'amicizia. Mi racconta la verità, cerco di non mostrarmi turbato, non sono più dalla parte del potere. Lui e i suoi amici sono gli autori dell'attentato improvvisato che non ha fatto grossi danni al museochiesa di Santa Maria delle Grazie, dove tengono in vita il Cenacolo, e poi anche del raid alle installazioni di Monte Stella. È la vendetta contro una sanzione ingiusta, una multa di millecinquecento euro perché alcune delle badanti hanno gettato guanti e pannoloni nei bidoni per i rifiuti organici, pagamento che tra l'altro è impossibile dilazionare. Una mazzata proprio agli esordi dell'attività, la sua speranza dopo il licenziamento, di cui lo Stato è comunque responsabile visto che l'economia sta sotto e nessuno dei faraoni si diminuisce lo stipendio. Già, quelli usano le leggi per schiacciarci, questa è oppressione civile che non uccide, ma muori lo stesso. Però secondo Pietro Koch non serve a niente lamentarsi, quei cani rognosi devono subire in qualche modo, politici e imprenditori corrotti, mafiosi verdi, se succedesse la stessa cosa alla loro kermesse, proprio mentre cercano di fare bella figura col mondo intero, ci vuole niente a recuperare dell'esplosivo.

Pietro Koch mi racconta che i controlli ambientali nelle zone a rischio sono continui, vengono presi di mira i caseggiati in cui abitano i dimenticati e gli agglomerati ad alta densità d'immigrazione. Povertà e disperazione abbassano il livello di sensibilità per l'ambiente, lì non fanno la raccolta differenziata e abbandonano i mostri di plastica dietro i palazzi.

Pietro Koch aveva raccomandato alle sue ragazze che riportassero il materiale usato alla base per riutilizzarlo. Ma comunque s'è ripreso il maltolto, almeno ha sfregiato la chincaglieria di quelli ricchi da sempre. Nella spedizione erano coinvolti anche i due ex-buttafuori del Plastic e alcuni del bar. Pure il supplente, guida spirituale che ha incoraggiato la distruzione del Cenacolo. La Lombardia è sempre stata invasa e dominata: la minaccia arriva sempre da fuori, come la vita, la responsabilità per l'attentato è attribuita alle gang dall'hinterland. Pietro Koch è la periferia e i suoi amici pure, si sono voluti vendicare perché ci si preoccupa più per un quadro destinato a marcire che per delle persone.

Sono fuggiti dopo aver dato alle fiamme il portone della chiesa, poi si sono diretti al parco dedicato alla signora Stella per infierire con le mazze, tanta grinta vitale contro strutture ecosostenibili foraggiate dalle lobby dei soliti, il bene di pochi è sempre il male di tutti.

Pietro Koch è soddisfatto, secondo lui questa città va sempre più colpita al cuore.

# 17 giorni all'Expo

## *1*
## *La brochure di Pietro Coccoreddu*

Dall'appartamento accanto il tg a volume alto si scaglia ancora contro quelli da fuori Milano che storpiano e attentano all'arte, alle speranze della città. Milano non muore mai, la coraggiosa cittadinanza resiste. Anche io che sono restato qui.

Scendo le scale, i volumi in distorsione si amplificano in tutto il portone. La cassetta della posta è piena da quando l'ultimatum giorni mi costringe a evitarla.

Bollette, pubblicità, lettere di avviso prima che mi stacchino tutto. Le tv vanno avanti, portano via ciò che resta della quotidianità sopravvissuta, anch'io facevo parte dell'ascolto passivo, a una notizia ne segue un'altra.

Risalgo le scale, odore d'alcool e di cibo dagli appartamenti, nuvole di sapore mediamente decente, siamo ancora il paese che ci tiene alla qualità della vita, lo dicono le statistiche, a ferragosto si mangerà ancora tanto ma non posso sapere se sarò ancora qui.

Pietro Koch Coccoreddu, l'unica persona che vedo, lui così legato alla quotidianità e ai problemi da risolvere. Il lavoro che gli ho promesso è quasi finito, il naming proposto via sms gli piaceva, in italiano è più comprensivo e rassicurante: *Servizio Badanti 24 ore su 24*, se no la versione più esotica *BadantAway, la badante in condivisione*, gli ho consigliato di evitare la foto di Svetlana, i clienti non si fiderebbero, deve esserci qualcosa d'italiano.

Livello il tono del linguaggio, i passaggi, le digressioni tecniche sulle fasi dell'attività, l'hit è il cambio del pannolone: il nostro personale svolge tale attività nel rispetto delle norme igieniche correnti, postilla asteriscata che si rifà a un'autorizzazione medica che m'invento.

La ventola d'aerazione del computer mi sveglia. Il monitor fa dormire e sognare, a volte sembra che non sia mai successo niente, rumori di posate, ultimi strascichi di quotidianità, morte a rate che ha il sapore di salvezza.

## 2
## *Un'altra chance*

Mi ha ricevuto la ragazza, il dottor Allevi non c'è, ma ha appena telefonato e vuole salutarmi. La sua fidata me lo passa. Allevi si scusa per il contrattempo, sta rientrando da una gara per degli impianti di risalita della Valtellina, è contento di avere presentato delle brochure a forma di razzo da piazzare nelle baite.

Lo ringrazio per il brief sui salumi brianzoli ricevuto dalla sua assistente, gli confermo che è un progetto stimolante, sono un collaboratore a cui piace questo lavoro. Il dottorino approfitta per chiedermi se conosco giovani bravi da visionare. Ha un file di personale potenziale, che aggiorna continuamente. Incontra spesso ragazzi ancora freschi e motivati, gli ricordano quando era giovane, mi tiene al telefono, rispondo gentilmente. L'inno alla soddisfazione continua dall'altra parte del telefono, Allevi elogia i giovani che sono il futuro, è anche sicuro che farò un buon lavoro sui salami. Un folder in linea con le tematiche alimentari più attuali che puntano sulla naturalità dei prodotti e che verranno trattate anche dall'Expo. Questa volta un progetto da settecento euro per via della quantità di pagine e dell'impegno creativo, non sarà un modulo prettamente informativo.

La storia della famiglia dei salumieri parte da lontano, foto in bianco e nero e carretti da ammirare: il capostipite dopo la Prima guerra mondiale diventa mastro salumiere, cavaliere per l'eroismo in trincea e per i successi in campo produttivo. La ragazza è silenziosa, mi passa la cartella con altro materiale. Non si fanno domande a sconosciuti in ambito lavorativo, le ho chiesto come stava, ha gli occhi umidi e si guarda attorno, le porte sono chiuse. Si scusa con me, dice che oggi è una giornata così. Si scusa nuovamente, accenna a sorridere. La saluto e cerco di minimizzare, tutti possiamo piangere anche negli uffici, tante mie colleghe avevano gli occhi rossi.

La segretaria che si occupa dei pagamenti mi conferma che la pratica per la liquidazione della brochure insalate piene di senape sta andando avanti, in qualche modo vengo invitato a credere nuovamente, ed è fattibile perché il suo capo mi vede bene. Basta che ogni giorno ci metta dell'impegno per rendermi utile ad Allevi e a tutti gli altri capi, poi mi richiamano e si crea la fiducia e in automatico mi rimetto in carreggiata. In fondo sono messo così perché ho tante ore libere ed è chiaro che pensi sempre di più, rimani da parte e ti isoli dal resto delle comode attività umane. Invece è più semplice mettersi a disposizione di chi produce ricchezza e ha bisogno del mio operato per consolidarsi ulteriormente.

# 16 giorni all'Expo

## 1
### *Ciò che resta è energia*

L'odore ristagna verso l'alto, vapore dai tegami riscaldati e la nebbia dei più di cento discorsi in contemporanea. Abbiamo scelto di cenare all'Autogrill del Duomo, viene comodo a Svetlana che nel pomeriggio è dovuta andare al consolato ucraino per chiedere delle autorizzazioni per gli spostamenti delle ragazze. La brochure va bene, dice che sono bravo. Sto superando Pietro Koch nell'ascesi, io lascio la presa, mi faccio trascinare, rotolo come la canzone che dice no direction home.

Delle piccole osservazioni da parte della sua socia in affari, che si auspica uno spazio per la traduzione in russo-ucraino, ha anche dei dubbi sull'eliminazione della sua foto in copertina. Le spiego che ha la faccia da straniera e di base le persone sono ancora diffidenti. Non mi va di rimetterci mano, assecondo l'entusiasmo di Pietro Koch. Sono infastidito dal ruolo dell'ambiziosa ex-sovietica. Vuole la presidenza del Chelsea, esige modifiche, mastica i nervetti della cotoletta, dà input che considera importanti e poi accusa l'Italia di essere arretrata rispetto al suo paese, in Ucraina faceva cose prestigiose. Probabile che ora tiri fuori la storia di qualche laurea in ingegneria nucleare resa inutile dal crollo dell'impero dal pugno chiuso. Ci si attrae tra esseri affini, anche Pietro Koch sa sfruttare le occasioni, non si lascia scappare le chance, sono prossimi al figlio, lui si merita la paternità grintosa avallata da una donna che sa il fatto suo ed evita le lacrime.

Pietro Koch cerca di risolvere la situazione, è dalla parte di entrambi, la sua socia mi chiede di approfondire certi punti della brochure, soprattutto la sezione dedicata alla selezione del personale, devo evidenziare il passaggio in cui amplifico i valori della cultura locale, avrebbe trovato delle statistiche che dimostrano come i giovani di lì siano attaccati alle famiglie e soprattutto ai nonni. Gli anziani dalle sue parti non vengono emarginati, ma sono parte centrale del presente, oltre che baluardi del passato.

Comunque per Pietro Koch la brochure nell'insieme va più che bene. Prendo appunti, accontento le esigenze del cliente, le modifiche sono dovute. Pietro Koch e la sua socia in illusioni seguono la mia via, il maestro che un tempo toccava il cielo, basta avere avuto uno stipendio migliore. Si dà per scontato che un sogno si possa nuovamente inseguire. Sono obsoleto e Pietro Koch ha il futuro in mano.

Ciao a Pietro Koch e alla sua compagna di sogni pesanti. Saluto, devo rientrare a casa, ma in realtà resto in giro. Perché tra le pareti si perpetua la voglia di tornare indietro.

Sono qui all'aria aperta, ho già dato via tutto e posso alzare la testa e ammirare il cielo così buio e senza stelle, le favole non hanno parole.

L'uomo dei trolley sta ancora lavorando, aspetto nell'ombra, tra gli altri suoi potenziali clienti. Così signorile e distinto, le sue storie sulla Borsa in declino restano sospese nella melanconica gestualità della vita precedente, nonostante la trasandatezza, i tic e una postura che paga l'umidità delle notti all'aperto. Aspetto la chiusura che sarà tra poco. Sono qui per le affinità che ho colto in lui, una vita che sembra pacifica e carismatica, un imbonitore che adesso sta cercando di convincere un cliente non ancora povero delle potenzialità di un dispositivo per lo streaming da internet. Ma non riesce a concludere l'affare. Ha insistito e dipinto i molteplici vantaggi dei tasti multifunzione utili in una vita che però non lo riguarda più da tempo.

Supero le righe gialle che delimitavano il portone dell'ufficio postale. Mi riconosce. Si ricorda di me, dell'iPad, mi consiglia di riportare le Mbt, che è riuscito a piazzarne un paio a cento euro, mi chiede se le ho già vendute.

Ha la barba più lunga e gli orli dei pantaloni sempre più logori, ma l'aspetto non è la priorità. Puzza, residui di qualcosa che si sono depositati sul cuoio capelluto, sulla pelle, sulla stoffa della giacca.

Tiene in mano una medaglietta che ora mette al collo. Ricoperta d'argento, specifica, gliel'ha venduta uno che gioca a calcio. Non mi chiede perché sono lì, inizia a parlare. Racconta ancora della moglie, che era una presa dalle sue convinzioni e troppo ansiosa. Dice che le persone hanno la propria sensibilità e quindi possono risultare insensibili, ma comunque non era una donna cattiva. Però quella volta, al rientro dalla vacanza, lei ha esagerato. Lui la aspettava in stazione e appena scesa dal treno il figlio gli ha mostrato la medaglietta d'argento di una gara di nuoto al villaggio turistico. Sua moglie è stata capace di schernirlo, di fargli notare che i concorrenti erano solo tre e che si era fatto battere da una ragazza, però niente di male perché quella era una campionessa di nuoto esordienti. E quando la moglie era sotto la doccia, lui ha fatto salire il figlio su una sedia, il podio del vincitore, e gli ha messo la medaglia al collo. Ma era ancora triste e quando le persone sono tristi, anche se è un attimo te lo ricordi per sempre.

Lo sto seguendo, mi parla come a un amico. Camminiamo lungo le strade parallele al corso, c'è da stare attenti agli arrabbiati italiani e di tutte le razze, ma noi non siamo donne e neanche ricchi, tutti sanno che i barboni non hanno oggetti di valore. Stiamo tagliando dalle aiuole. L'uomo dei trolley ha la pelle grigia, cammina per non cadere, l'odore della benzina bruciata.

Infila la mano dentro uno dei suoi sacchetti. Estrae e mette in bocca. Mastica rumorosamente, risucchia il buono. Tira fuori il cellulare, mi dice che a volte ricarica la batteria nei bar.

Si ricorda l'ultima telefonata, un suo ex-collega che voleva sapere come andava. I suoi stenti sono i miei, non hai più nessuno e non vuoi più nessuno, quelli come lui li ho sempre relegati alla fine della vita. Ingurgitare cibo e caldo, così fanno gli animali.

Mi chiede se voglio del sushi e mi offre una pizzetta da aperitivo. Mangio, inghiottisco e dico di nuovo grazie. Mi ha offerto da mangiare, non ha niente e io posso ancora fare la spesa. Abbandonato a se stesso, parla da solo anche adesso, mi chiama Andrea.

È cresciuto in viale Ungheria, amico quindi di Walter Zenga e da ragazzini assieme in curva a vedere l'Inter. Credo ci giocasse ancora Beccalossi. E ora gli anni Ottanta e pure che conosce Ruggeri, che lui è stato suo manager non professionista ai tempi dei Decibel – "mi alzo alle tre mi guardo alla tv e sono sempre su senza te" – non è stonato. Ha avuto una storia con Jo Schizzo, che poi diventa Squillo, gli dico che a me piacevano quelli di *Sandinista* col punto esclamativo e allora cita il titolo che pure il suo amico Enrico ha coverizzato. A suo figlio invece piacciono tanto i Casino Royale della canzone che dice io e la mia ombra.

Mi sono sempre nascosto dalle luci e anche dal buio, non puoi prevedere la trasformazione. Ti perdi, ci si allontana ogni giorno come ho sempre fatto e all'improvviso non hai più niente, ma chi si ferma può scoprire il cielo.

Stiamo attraversando largo Augusto, lo spiazzo dei capolinea, gli autobus, i taxi e i clacson solo di giorno. Attraversiamo le righe gialle delle corsie riservate.

Nelle difficoltà cerchi quelli più simili a te. Anche lui è stato estromesso dalla famiglia e dal lavoro. Ora si siede su un panettone di cemento, ha perso il diritto agli appuntamenti.

Rovista in un secchio, infila l'avambraccio ed estrae un mozzicone spento che tiene tra le dita. Devo imparare, barbone assistant. Cerca altri avanzi di sigarette tra le grate dei tombini, me li mostra senza raccoglierli perché se vuole ne trova altri.

È importante cercare angoli protetti dalle luci, dalle forze dell'ordine, dai cittadini che hanno paura, dai figli di chi si lamenta, dai disperati senza niente italiani o immigrati, ma non è razzismo specifica, lui ascoltava anche la black music. Bob Marley, Kaya in particolare, uno dei suoi dischi preferiti, lo ha consumato con la sua ragazza, cantavano e mangiavano melone.

Vuole sapere da quanto sono in strada, intende senza un tetto. Gli rispondo che è poco tempo e che non è facile. Mi consiglia di scegliere un posto fisso e fare in modo che di notte sia solo mio. Devo osservare e accorgermi dei cambiamenti, sono da evitare certe zone come viale Forze Armate, Giambellino, parco Forlanini e la stazione: ci sono i disperati e gruppi in cerca di spazio, anche i singoli possono essere pericolosi.

Devo stare attento agli ausiliari volontari che non hanno larghe vedute. Polizia e carabinieri sono a ranghi ridotti e si dà spazio a elementi poco addestrati e molto aggressivi. L'uomo dei trolley spiega per il mio bene. Preso per mano, intraprendo il nuovo corso. Mi sta insegnando le regole. Si raccomanda nuovamente di non girare in stazione. Il binario uno è quello delle coltellate, quello più distante dalla postazione della polizia ferroviaria. Devo stare all'occhio ai barboni. Lui ha sempre una scheggia di vetro pronta in tasca, così da evitare denunce per detenzione di armi.

Costeggiamo i giardini privati Guastalla, dove abitano giudici, avvocati e pure Fernanda Pivano buonanima. Racconta di lei come grande promotrice della letteratura americana, però gli è sembrato strano che abbia supportato il verbo di Ligabue. L'ha conosciuto, modestia fatta azienda, uno che mira alle pr con il pubblico allargato, che in confronto a Massimo Bubola non è nessuno.

Storie a metà e che non è importante abbiano un finale, c'è bisogno di una terra promessa che non sia qui. Siamo tutti e due sopravvissuti a un cataclisma sociale, sempre più lontani dal resto del mondo, il nostro paese è un'aiuola nascosta dalle luci.

Le rotelle dei trolley strisciano sulla ghiaia, facciamo ancora più rumore. C'è un passaggio tra le sbarre delle ringhiere, l'odore acido dai suoi vestiti strausati. Questa è casa sua, oltre il parco protetto. Si siede sulle pietre ornamentali, adiacenti al palazzo numero civico diciassette.

Parla del fine-settimana. Dice week-end. Lui poteva andarsene al mare o prendeva l'aereo per qualche posto lontano. Ora ha dei contatti per una consulenza con una banca di cui non mi può dire. Ascolto le sue parole, le lascio scivolare, i suoi capelli arruffati e i vestiti trasandati che dicono invece di no a tutte le sue storie con le luci, ma non importa. Vanno bene come le mille ragazze che abbiamo avuto da giovani.

# 15 giorni all'Expo

## *1*
## *La città sorride*

Ho evitato il portinaio che a quest'ora pulisce le scale, vado a consegnare la brochure dei salami. Ci dovrebbe essere anche Allevi in persona, meglio perché la ragazza non è attendibile e non decide nulla finché il grande stratega della comunicazione non supervisiona le cose. Bisogna sempre puntare ai veri capi, a chi ha l'ultima parola.

L'odore è diminuito in città e si dà spazio all'euforia dell'evento. Fanfare che attraversano il corso e ripropongono i successi della radio, con arrangiamenti da banda. M'interfaccio anche io alla città modulata dalle musiche in diffusione, mi muovo a ritmo. Quasi un ballo consentito, pure altri ci cascano e siamo più belli e spensierati, anche se è tutto a comando e i flash mob dilagano per intenti solo promozionali. A ogni incrocio sensori che interagiscono alla cadenza della tua camminata, succede già lungo i gradini delle metropolitane del centro che riproducono i suoni della tastiera di un piano.

Uno si abitua al cosiddetto bello, come con la merda. Melodie e arie decise da qualcuno preposto al gusto musicale, la città sorride, si parla di Milano anche a New York, un'importante conquista per la città. Gli abitanti più fortunati parlano come neopolitici che hanno mollato le ideologie, c'è scritto Milano Expo dappertutto.

Non ho più niente, proprio ora che in città c'è il futuro in ogni strada. Anche la mia brochure salumi è in linea col clima generale da nuovo millennio, mi compiaccio per l'ottimo risultato ottenuto, mi sono anche divertito nel mettere giù i testi dell'appendice linea wurstel come da tradizione brianzola, con sfumature linguistiche riguardo ai limiti consentiti dalle norme europee che tutelano il doc, in questo caso di un prodotto artigianale della Carinzia austriaca.

## 2
## *Nessuno*

Ho citofonato e suonato il campanello, ora provo a telefonare. Non risponde nessuno, il portinaio non può dirmi molto. È tenuto a tutelare la privacy di chi vive nel palazzo dai soffitti alti.

Chiedo ancora al portinaio, sono educato. Lui può dormire in questa reggia in pieno centro, nella zona tranquilla ed esclusiva. Non sa niente del buio alla Allevi Associati, ah già, si chiama AgiAmo. Sa solo che da ieri gli uffici sono chiusi, c'era un foglietto attaccato alla porta che parlava di chiusura temporanea.

Continuo a telefonare, parte la segreteria e poi il fischio del fax. Cerco indizi, fermo un vicino col cane, esce dall'abitazione con targa intitolata a un professore, il boxer abbaia, l'uomo ha problemi alla voce e non sa nulla. Resto nel pianerottolo, mi siedo sul gradino, non c'è molto da fare. Chiamo Allevi al suo cellulare, suona a lungo, ma inutilmente. Mando un messaggio, lo avviso che sono qui davanti e che aspetto ancora un po'. Nessun segno di vita, resta la targhetta con la grande A maiuscola. Mi allontano dal palazzo, ci giro attorno. Mi fermo al bar per un caffè macchiato.

Il dottor Allevi risponde all'sms, è dispiaciuto, ma c'è da

riconsiderare i budget dopo che un suo cliente internazionale ha rescisso il contratto per via di un riallineamento ai vertici. Spera in tempi migliori. Non digito niente, mi deve settecento euro. Mi telefona la ragazza, parole schiette e imbarazzate. È dispiaciuta, mi dice che l'altra volta sapeva, ma che ha dovuto essere complice. Non poteva fare niente e anche io mi sarei comportato così. La devo perdonare. Le dico che non è responsabile del fallimento della AgiAmo e torno a casa.

# 14 giorni all'Expo

## *1*
## *Milano Interzone*

Gli sbarramenti iniziano all'altezza del vuoto squadrato di piazzale Lima.

Da oggi entrano in vigore le misure straordinarie per tutelare la sicurezza. C'è allarme dopo i disordini di queste notti, ma si vogliono prevenire soprattutto i raid delle gang che arrivano da fuori Milano. Ultimamente sono state prese a sassate le vetrate di grandi alberghi e boutique. Si accusano frange isolate di stranieri, che però non sono tutti gli stranieri, perché sarebbe come dire che tutti gli italiani sono delinquenti. Sospettati anche gruppi politicizzati, manovrati da agitatori extra-parlamentari e politici del vecchio regime, si muovono in auto e moto, soprattutto nei giorni festivi.

Lo sbarramento si sta completando e filtrerà la cerchia della città esterna, una Berlino est-ovest che isolerà anche le vie attorno alla mia zona, interdetta dalle ventiquattro alle cinque. Potranno però circolare quelli muniti di un pass rilasciato ai residenti che devono spostarsi per lavoro, una limitazione temporanea per tutelare i quartieri a rischio, la metropolitana invece chiuderà alle ventidue. Strade a numero chiuso per la salvaguardia del bello da mostrare ai turisti e alle tv. Riserva di sicurezza fino alla periferia inoltrata che non si chiamerà più hinterland, ma Milano Interzone pronunciato in inglese. Verrà logicamente considerato il corridoio che collegherà la città alle aree espositive di Rho e Pero. I portavoce del governo tranquillizzano, la democrazia va protetta preventivamente.

La tv pompa sui preparativi per la data sempre più imminente, con l'enfasi di dieci mondiali di calcio. Esploro i canali locali, fanno le interviste ai cittadini le cui abitazioni e quotidianità sono rimaste tagliate fuori dalla cerchia della città privilegiata. Ogni intervistato parla di fatti accaduti sotto casa o di fronte al proprio negozio, anche degli studenti che vedono minacciata la libertà dell'individuo e raccolgono firme. L'intervistatore si adegua allo slang per sembrare più reale. Cerco notizie pirata che sfuggano alle fotografie di una Milano solo bella, storie che mi riguardino, ora intervistano una Giovanna d'Arco in tuta che denuncia i colpi di mannaia che arrivano dalla macelleria giorno e notte, quelli pregano ogni cinque ore e lei ha paura, ma è noiosa e il microfono tocca a una ragazza che mi dà ragione, dice che l'odio non deve essere tra quelli restati fuori dalle mura, ma contro le istituzioni di qualsiasi colore.

## Dalla rubrica "Voci dalla città di niente", spazio a cura dei lettori del quotidiano free press

"I due parlano inglese, lei dice 'I promet you', e intanto aspettiamo l'Expo sperando di non fare l'ennesima brutta figura"
Massimo Malatesta Garutti, 32 anni

"Turisti russi ubriachi mangiano l'insalata, papponi merdosi, un tempo i vostri padri ci facevano paura"
Sergio Ballanti, 30 anni

"Surfisti immaginari possono cambiare il loro mondo, ma forse è troppo tardi. Da quando hanno eretta la nuova scogliera, pure l'onda più grande verrà divisa"
Federico Lai, 28 anni

"Su con il muro che ci divide. Spero di incontrare quello che mi chiede a Berlino che giorno è"
Ugo Bandani, 35 anni

"Ci vorrebbe la ruralizzazione. Tutti a zappare"
Piero Lo Faro, 32 anni

"Lì finiscono le mura e iniziano le mura. Città di niente che non ha più da dire, non farti prendere. Quel giorno ci sarà il coprifuoco, quel giorno dio non c'era quel giorno dio non c'era quel giorno dio non c'era"
Silvia Messa, 36 anni

# 13 giorni all'Expo

## 1
### *Cielo rosso esplode*

Do fuoco alla pagina dall'agenda scaduta Banco di Siena che m'hanno fatto trovare nella cassetta della posta. Niente teste di cavallo nelle mafie tra poveri.

La minaccia scritta a penna in italiano imparato da poco mi mette in guardia che ho solo tre giorni per pagare. Sono sempre più accerchiato, devo salvarmi dalla fine voluta da un padrone di palazzi. Può essere che i suoi servi stiano giù ad aspettarmi, ma ci sono le leggi evolute che mi darebbero ragione. I tempi sono cambiati e chi non può pagare l'affitto deve essere tutelato.

Recupero il cutter che usavo per tagliare i modelli dei depliant pieghevoli. La ruggine sulla lama provoca infezioni, ci pulivamo il pesce, il più delle volte ai prefestivi, evisceravo io l'animale, ma prima c'era il taglio delle pinne.

Il cellulare sta vibrando, ma non rispondo. È Pietro Koch, sa che se dormo lo spengo. Sto meglio senza di lui e le sue parole a senso unico, la madre malata è solo un alibi.

Non c'è nessun cattivo ad aspettarmi in portineria, rimetto il cutter in tasca. È tutto più grande quando non sei al chiuso, siamo quello che facciamo, ora sono uscito dal palazzo. Coprifuoco violato, la legge impone il deserto. Aria aperta e basta, niente mete, nessuno da cui andare. Quel foglietto, minaccia scritta per spaventare quelli come me, i caduti in disgrazia.

Ho mangiato e bevuto più del solito, ho pure quarantacinque euro in tasca, mi sono attrezzato per resistere tutta la notte, la mia prima e poi ce ne saranno altre.

Una bandiera verde a caratteri arabi da un balcone, un uomo in canottiera sta fumando.

Attraverso la strada rapidamente, gli automobilisti possono segnalarmi alla polizia, la telefonata è gratis, come si pubblicizza per sensibilizzare la cittadinanza.

Mi avvicino a piazzale Loreto, tra poco ci sono le barriere di checkpoint fermata Lima. Non sono solo, vedo degli extracomunitari sull'altro marciapiede, infilo la mano nel tascone dove tengo il cutter, anche loro si muovono veloci verso la salvezza. Non c'è la polizia, attraverso di corsa, semafori arancioni fino alle cinque del mattino, la luce rassicura e fa pensare in grande. Supero i recinti stilizzati che separano la città, velocemente, senza guardarmi indietro.

Svoltato l'angolo vengo accolto dall'oscillazione delle telecamere fuori dalle banche, dagli appartamenti, dai bar e dai ristoranti eleganti, ci si avvicina alla zona dei ricchi.

Luna piena, luce che si irradia ma non migliora niente. La miseria ti insegue, bisogna evolversi nella bolla d'aria successiva.

Una camionetta Defender procede lentamente coi riflettori accesi, mi nascondo nelle aiuole reimpiantate dell'Hotel Principe di Savoia, vetrate coperte di cartone per i danni recenti, tariffe ultra che comprendono la coreografia di alberi e terrazze verdi, il minimo dovuto per accogliere la ricchezza cosmopolita in visita alla città, attori, rockstar, stilisti, politici, nomi avvolti dai pizzi approntati nelle suite esclusive. Attivisti di estrema destra, sinistra, cristiani e oltranzisti laici hanno timbrato muri e vetrate. Il disegno stencil dei contorni di un manager, cerchiato da un mirino. *Morirete*, c'è scritto.

Le auto accelerano e rallentano ai semafori, destinazioni della gente che ancora sta bene, chi si stufa può cambiare scenario.

La vita assomiglia alla morte dietro il parco Palestro. Buio e fresco dalle piante, qui l'odore di merda non si sente, ma è troppo isolato, ci sono state delle violenze contro dei barboni tempo fa, nessuno reclama i sacrificati se non hanno più legami. Ettari di vegetazione popolati di giorno, incorniciati dai palazzi signorili, c'è una panchina di fronte al bar take away giapponese. Posso sedermi e guardare il buio.

Mi addentro nell'insenatura intitolata alla statua ordinaria di un grande poeta rappresentativo della cultura popolare, Carlo Porta. Ogni volta mi meraviglio che Milano abbia una radice antica, una radura tra laghi d'asfalto, isola verde come tante a ridosso dei palazzi, ci sono pure delle panchine vuote, dove al pomeriggio si ritrovano quelli che sono barboni da prima di me. Li ho visti tante volte di sera dirigersi verso lo spiazzo del silos parcheggi dietro corso Europa, vedevo le loro tende anche di giorno, proprio accanto alla chiesetta. Ma sono tutte coppie e io sono da solo.

Buio e rumore del traffico e il fruscio dell'erba che calpesto, questo è il retro della città, m'immergo tra i rami del cespuglio più alto, appena a ridosso della strada illuminata. Guardo ancora il buio. Ci sono solo io. Ancora accucciato, ora mi siedo. Il freddo traspira dai pantaloni, la terra è bagnata per l'ora. Odore di fertilizzante, il prato è curato dall'Aem. Si ringrazia il Comune e altri enti scritti in piccolo, una coreografia che deve sembrare naturale, creata ad hoc da un progettista. Ricontrollo i tasconi, mi tasto il cutter, le chiavi di casa e il telefonino spento. Punto la sveglia, tra venti minuti per evitare il sonno profondo, sei impotente se ti addormenti. Verifico che le cerniere esterne siano chiuse. Recupero dallo zaino il liquido umettante per le lenti a contatto. Mi sdraio lentamente, appoggio i gomiti, odore di terra chimica, anche il mio. Chiudo gli occhi inutilmente, so che sono sveglio. Solletico e prurito dei ramoscelli sul collo.

Due e trenta del mattino dalle cifre luminose sul palazzo della Banca Intesa.

Chiudo gli occhi, penso e quindi non dormo, li riapro. Proteggo la schiena, il bacino e le spalle che l'umidità penetra ancora di più quando stai fermo.

Le lenti sono appannate e iniziano a seccarsi. L'odore di merda diminuisce veramente quando sei nascosto tra le piante. Le tre e venti, annoti dentro di te le piccole differenze. L'aria è ancora calda, ma poi peggiora. Stringo la felpa dentro i pantaloni, cappuccio chiuso dai cordini. Rimedi e prevenzione, uno che calcola per non esporsi mai, ho sempre cercato di lasciar correre.

Una formica nell'orecchio. Solo prurito, una foglia, terriccio. Il mio odore, a ogni movimento torna su di me. Posizione fetale e di nuovo di lato. Sto cercando di dormire, m'impegno. Tengo gli occhi chiusi, prima o poi ti addormenti.

Colpo di clacson, un altro. Dei passi sul selciato, un metronotte sul marciapiede che prosegue verso i palazzi. L'odore del piscio e nient'altro. Mi giro su un fianco, la mano sul cutter. Passano i furgoni per lo spurgo, grandi pompe idrovore per rimuovere l'intasamento dalle fogne. L'odore si è stabilizzato e caratterizza le giornate.

Rami spezzati dai passi e foglie schiacciate, un sacchetto vola da oltre la cancellata, anche uno strato di cartoni che plana sul passaggio lastricato.

Un uomo di colore sta scavalcando la struttura metallica che è la ringhiera tecnologica attorno all'istituto di design. Ora salta giù, la naturalezza di chi lo fa da sempre.

Recupera i suoi cartoni ed è già dentro l'aiuola, si siede lentamente sugli strati protettivi, poi sparisce tra i cespugli.

Non si è accorto di me, guarda il cielo e non dorme, sonda l'aria. Faccio rumore, ma torno subito immobile come se dormissi. Lui si alza e cammina verso di me, scalzo e invisibile, le mosche lo inseguono. Stringo il cutter, la scia del traffico è lontana, galleggio nel buio e nessuno mi salva.

Sto rannicchiato tra i cespugli, è sempre più vicino. Le costole in rilievo sulla sua maglietta della Stramilano, una città finita per entrambi. Vuole parlarmi, scacciarmi, derubarmi, stuprarmi. Gli posso raccontare quale dramma è aver perso il lavoro e che il padrone di casa mi manda i recuperatori e mia moglie se n'è andata e magari che mi è morto un figlio e che sono malato. Devono esserci dei motivi per essere qui. La normalità è a un passo da noi, la mia vita è sempre stata oltre l'aiuola. Al buio le pupille si dilatano, spero che il ragazzo nigeriano, senegalese o ivoriano si accorga che sono sveglio e che non può più sorprendermi, sarebbe controproducente perché non si può mai sapere come finisce una colluttazione.

Tengo il busto sollevato, ci controlliamo reciprocamente.

Respira con affanno, diecimila chilometri di stenti qui. Si è fermato e mi fa il gesto che significa sigarette. Non ne ho, niente da dargli, ancora qualche ora in questa aiuola e poi devo rientrare non oltre le sei per evitare il portinaio.

Noto che gli mancano due dita, ci si abitua alle menomazioni. Ogni giorno l'identica fine. Reietti, ipotesi per poche righe di cronaca, cadaveri che nessuno riconosce, esistenze che vanno bene per un film. Tracce della loro presenza sprofondata, senza espressione. Bottiglie d'acqua sporca, cartone da imballaggio. Non fumiamo, non parliamo, momenti nella stessa riserva. Senza dirci niente, la mano ancora appoggiata sul tascone esterno.

Si allontana, un Messia dell'epoca sbagliata, sprofonda nella sua zona di foglie. Provo a chiudere gli occhi, tengo lo zaino avvolto al braccio. Mi alzo sui gomiti senza perdere d'occhio l'africano. Non sono ancora autonomo e sto imparando. Mi addormento per qualche ora.

L'alba deflagra a ogni secondo, cornice di rosso striato sopra via Padova. Le cinque e venti del mattino, freddo, fame e davanti di nuovo tante ore senza meta. Non c'è più il nero, sarei rimasto sdraiato, questo cielo è anche mio. Quelli che vanno a lavorare mi superano e tagliano da altre direzioni. L'edicolante mi guarda passare, ma non ho niente da raccontargli. Qualche persona esce dai portoni e si immerge rapidamente nel sottopassaggio della metropolitana. Mi affretto, devo arrivare prima che il portinaio apra. Milano che s'incastona nella meraviglia e stupisce. Le pareti coprono, la pace è un istante.

# 12 giorni all'Expo

## 1
## *Allevi mi coinvolge*

Allevi si è rifatto vivo. Si scusato più volte con me, mi ha coinvolto nella sua ultima chance, la dignità e il coraggio di definirla così. Punta a un fondamentale progetto che può risollevare le sorti della sua AgiAmo. Sono qui con lui per dare spessore alla struttura, come riferimento professionale di livello. C'è anche la sua assistente, entriamo nella sala riunioni dell'importante cliente dei vini, un produttore affarista di Bergamo con cui ho avuto a che fare tanti anni fa, un criminale sarebbe da dire, indagato per i travasi al metanolo negli anni Settanta.

Ho seguito Allevi dopo che mi ha assicurato che ha fatto il possibile per racimolare la cifra pattuita per la brochure salumi, perché è ovvio che dal suo punto di vista mi devono interessare quei soldi. Dopo la riunione regoleremo la questione, sto migliorando rispetto al disinteresse che ho dimostrato nella vertenza coi datori di lavoro. Allevi è sempre meno dottore e più disponibile, le persone sopraffatte dai ruoli solo se cadono si possono salvare.

L'aria condizionata neutralizza l'odore di merda ripiombato sulla città. Il famigerato produttore di vini vuole lanciare una modulistica che supporti il nuovo marchio "1866" nel mercato a stelle e strisce, la peculiarità che distingue questi prodotti è che vengono trattati come si faceva nel milleottocentosessantasei.

Ha preso la parola il dottor pezzo grosso, quello più importante di tutti loro. Non ci ha mai degnato di attenzione, mentre Allevi faceva premesse e auspici per il prossimo futuro in comune ha aperto il suo palmare. Riesco a interrompere con educazione e controbatto, un excursus che esplora i mondi della comunicazione rivolta a un pubblico che culturalmente non ha molta consapevolezza in materia. Sono americani, dico, e poi tanti luoghi comuni sulla superficialità dei loro gusti enogastronomici. Sto solo emanando chiacchiere di rito, in questi quasi trenta minuti trascorsi qui dentro a mentire perché io non faccio parte più da tempo dell'intesa.

Però il potenziale cliente rigetta, sentenzia che non è vero. Mi sfida, vuole vedermi scodinzolare, smentisce il mio preambolo sul target nordamericano, poco preciso e veritiero. Quelli con reddito medio-alto coltivano il culto del gusto europeo più di quanto si possa credere.

Prendo tempo, mai dare torto. Devo solo appoggiare la versione a cui vuole arrivare, ricordarmi che lui è l'unico che ha dei soldi da investire. I criminali quando hanno il senso degli affari diventano bravi imprenditori e rispettati come tali, creatori di lavoro e responsabili della sopravvivenza dei più passivi. Ha sempre più ragione il potenziale cliente importante che ci erudisce sulla mancanza di una radice antica negli Stati Uniti. Io puntualizzo che per quelli della costa est è diverso. Mi rifaccio alle radici wasp, in modo che si capisca che ne so.

Allevi interrompe, racconta che era a New York a una premiazione di settore, un grande palcoscenico e anche le star della musica e dello spettacolo, s'intende che si trattava di personalità declassate chiamate a fare marchette alle convention. Una serata indimenticabile, il clou è stato lo spettacolo dopo le candidature. La gente tra il pubblico libera a sfidarsi a Guitar Hero sul palco, a un certo punto si spegne la luce che poi si riaccende a occhio di bue e svela Axl Roses, che Allevi definisce chitarrista dei Guns N' Roses. Il cliente è in imbarazzo, si sente la risata dei due assistenti più giovani, bisbigliano tra loro. Allevi ha sbagliato, è riuscito a confondere i ruoli nel gruppo rock reliquia famosa. Allevi cerca di controllare la situazione, il suo sorriso imperterrito invita alla compassione e al rispetto, c'è una verità disarmante nel suo voler reagire e cercare di risalire. La sua attività può ridiventare un sogno da difendere e io in questo momento ho profondo rispetto per lui, dato in pasto alla crudeltà panzuta del serial killer mastro vinaio padano di merda. Ora si parla anche di soldi e percentuali e quanto costiamo, faccio parte del gruppo, quel quanto costiamo include me. Ci trattano bene e offrono anche il caffè. Ma Allevi riparte con una delle sue storie, fa del sarcasmo. Reagisce allo schifo del mondo ridotto a una palude compiacente. Allevi che non si filtra più e ipotizza la drammatica bellezza dell'installazione dei suoi sogni, qualcosa che anche a livello di marketing farebbe scalpore. Mettere tutti d'accordo, dice, e azzerare i poteri distruttivi dell'umanità malvagia. Allevi confida di avere nei suoi progetti un'opera apocalittica, con l'appoggio delle sue conoscenze planetarie vuole portare avanti l'archiviazione di tutte le ogive atomiche rimaste negli arsenali, in un secondo momento da fare esplodere simultaneamente sul suolo lunare. Si avvicina a uno dei ragazzini che ridevano, ora illustra il piacere di quei bagliori visibili di notte da tutte le nostre città, così forte che se non ti metti gli occhiali adatti diventi cieco, come quando bevi il metanolo.

Siamo usciti. Allevi si è acceso una sigaretta e mi sta ringraziando, secondo lui tutto andrà per il meglio. Allunga la mano per porgermi dei soldi in contanti, trecentoventi euro, ciò che è riuscito a prelevare perché il limite giornaliero gli ha impedito l'esborso della cifra pattuita. Li metto nel portafoglio, li terrò con me.

## 2
### *Mancavano ancora due giorni*

Rientrato a casa la sorpresa negativa. Mi hanno occupato l'appartamento, con l'autorizzazione del padrone del palazzo. Sono stato cacciato anche se mancavano ancora due giorni all'ultimatum, come era scritto sul messaggio minatorio. Ho chiesto spiegazioni al portinaio, mi sto arrampicando su specchi cosparsi di merda, la realtà è una sentenza immutabile. Non faccio niente di utile per nessuno, ci si accanisce su chi è un peso per la collettività, ci tramandiamo questi insegnamenti.

Il portinaio mi ignora, sta svuotando i secchi. Il dolore è un fatto universale, sono stato umiliato e c'è un limite che impone pietà per il prossimo. Non appena raggiungi il benessere basico che il paese ospitante offre ai servi, chi resta sotto le proprie condizioni non esiste più. È scritto anche nei manuali sullo stare meglio che vendono al supermercato.

Di sicuro è stato il portinaio l'autore del biglietto, non i due rumeni. Il loro compito è fare paura ai più deboli e impauriti.

Torno su da quelli che hanno preso il mio posto, dei marocchini che invece sono stati gentili. È l'ultima volta che salgo questi cinque piani.

Sono stato mandato via dalla capanna perché non ho niente da dare in cambio. I miei sostituti hanno avuto buon cuore, si dice così quando trovi i tuoi resti accatastati con una certa cura in un angolo, i nuovi inquilini hanno il riguardo che spetta anche a chi sta in fondo. Mi è stata cambiata la serratura e tutti hanno potuto vedere lo schifo della mia biancheria sporca e dei miei vestiti per terra, perché fare la lavatrice non è nelle mie urgenze, c'è puzza in quella casa che aveva il parquet bello, la trasandatezza è patologica e ti accompagna mentre affondi.

Mi hanno aperto loro, quelli nuovi molto rispettosi e solidali, si sono pure spiegati perché non capivo, non riuscivo a controllarmi, qualcosa come lo sconforto, quello vero. M'hanno fatto entrare per raccogliere la roba, in parte già dentro i sacchi neri. Il resto l'avevano portato giù nel retro-cortile. Il portinaio mi ha solo detto che il padrone si vuole tenere l'anticipo dei tre mesi d'affitto, visto il ritardo e le condizioni dell'abitazione.

Busso di nuovo e dico che lascio a loro la gestione dei miei oggetti e pure la tv. Ma vedo che si sono già dotati di schermo piatto. Mi promettono che alle mie cose staranno attenti loro.

# 11 giorni all'Expo

## *1*
## *Deposito*

Nello zaino c'è quello che mi serve ogni giorno, calzini, maglie e mutande. Il resto lo tengo nei sacchetti annodati allo zaino e nella valigia che mi sto portando dietro, ci sono i vestiti e gli oggetti che erano utili nelle mie ex-giornate piene e appiccicose, anche le Mbt. Destinazione deposito bagagli della stazione, come partire per le vacanze, la tentazione di andare al mare l'ho avuta, ma i soldi nella mia situazione senza più casa e ritorni sono da tenere. Stanotte ho già dovuto spendere cinquanta euro per dormire alla pensione Flynn, qua vicino. È stato necessario dopo quello che è successo ieri, stavo male, febbre che non ho misurato perché il termometro è rimasto tra le cose in bagno, ho cercato di riposarmi e riprendermi.

Sono quasi le dieci di sera, mancano più di sei ore alla luce, sono uno dei tanti che hanno perso tutto. Mi avvicino a dei nordafricani, è scambio anche chiedere una sigaretta, il più giovane di loro mi allunga una Marlboro e me la faccio accendere. Fumavo fino a qualche anno fa. Non aspiro intensamente se no tossisco, grazie e mi allontano. Do le spalle, il fumo mi arriva alla gola e pizzica.

Butto via la sigaretta, raggiungo l'ufficio deposito bagagli che sta sulla destra, c'è poca gente, ci voglio lasciare la valigia coi miei averi. Altri con gli zaini, mi consola, non sono mai riuscito a stare bene da solo. North Face, marca da turista, da giorni spensierati, parlano inglese e se ne vanno. L'addetto sorvegliante è gentile, tra qualche ora smonta e può tornare a casa, prende in consegna la mia valigia.

Richiudo lo zaino, ho controllato che ci siano le lenti di ricambio col liquido, il caricabatteria del cellulare, il rasoio, la schiuma e qualcosa per coprirmi di notte.

Abbandono la tettoia che protegge anche dal buio, dove passano tanti passeggeri e vieni ancora scambiato per uno di loro. Le cinghie sulle spalle mi fanno sudare e assomiglio ancora di più alle maschere disagiate che vengono condannate a questa zona. Costeggio la schiera degli africani seduti e appoggiati ai pali, nell'eventualità che possa riconoscere il nero dell'aiuola. Sono amici, compagni, spartiscono tutto, faccio anch'io parte dell'insieme, sopravvivo in mezzo al nuovo. Nei loro paesi ci si scanna per colpe che i libri addebitano all'avidità degli occidentali. Siamo i cattivi dei film, dediti all'oro e all'inganno, anche quelle opere verità fanno arricchire gli editori.

Scalcio una bottiglietta, il vuoto rimbalza, una nuvola di schegge schizza sulla colonna e subito uno dei neri si alza dalla panchina, infila le mani in tasca. Confini da rispettare, non è l'area destinata alla tribù dei bianchi. Procedo senza tentennare, calpesto vetri, ho le scarpe antitutto e le palpebre sgranate. Ma il nero non sta difendendo il territorio, supera la piazza e sparisce tra le case.

Una voce alle spalle, è un altro africano, "Ameco" – dalla tonalità mielosa, con una fascia della pace in testa, mi sta venendo dietro.

Niente poesia dell'emarginazione perché sono io che scappo, che non mi sento accettato, amego ameco amigo, gringo. Mi dirigo verso i binari, così sono un passeggero e vengo risparmiato. Sta rallentando, si è fermato, mi lascia libero di andare verso qualche capitale europea.

Ricompare ameco ma non si accorge di me. Mi mischio al fiume in arrivo, diretto a taxi, auto e metro, tra quelli che scendono dagli eurostar provenienti da Torino e Roma. Seguo la corrente degli andata e ritorno, un attimo e spariranno, rimangono gli addetti alle pulizie che stanno già sistemando i rifiuti, non vedono nessuno.

Sono stato fermato, mi viene chiesto da accendere, la vita è un dare e avere, due nordafricani gentili e vestiti meglio di me aspettano la mia fiamma, finché non rispondo negativo.

Proseguo e ripeto ancora che non fumo. Anche se nessuno mi viene dietro sto attento, come mi è stato insegnato dall'uomo dei trolley. In questo posto chi non può partire viene inghiottito dalla fine vagante, i disperati si nutrono dei loro simili. Riconosco ogni frangente della mia inferiorità, uomo che doveva resistere e reagire e che invece si fa sfuggire la vita.

Binario sette e il carretto portabagagli marca Simai, probabilmente motore elettrico o forse un due tempi a scoppio, mi evita. La polizia ferroviaria perlustra il territorio disseminato di valichi e nascondigli, carta d'identità che porto sempre dietro, ho anche i ticket restaurant. Fermo a contemplare l'aerodinamicità del treno più veloce che c'è, presenza cromata del Tgv per Parigi.

Ripartirà domani alle otto e zero cinque sul binario tre. La piattaforma è deserta, mi inoltro lungo i vagoni. Scritte francesi sulla qualità esclusiva, Sncf, business e prima classe, poltrone ergonomiche vuote.

Sono sempre stato attratto dalle nuove frontiere annunciate dai media, ho visto atterrare il primo uomo sulla luna. Ascoltavo la cronaca, zittivo chiunque parlasse sopra ai giornalisti, c'ero anche io su quella navicella diretta alle stelle, sapevo il nome di tutti i pianeti e sarei atterrato su Marte.

Sono tante le coppie che viaggiano insieme, la gente evoluta sa mantenere i rapporti. Io non faccio parte di nessuna storia. Raggiungo la linea ferroviaria che trasportava alla Villa Reale di Monza.

Un signore o una signora anziana cammina ingobbita. Il politicamente scorretto m'ha sempre fatto male, bisogna turbarsi, chiedersi come faccia una donna di quell'età a vivere in certe condizioni. Simulo, cerco di prevenire il terrore di non avere più niente, guardo gli altri. Mi sono appoggiato alla vetrina laterale dell'edicola, mimetizzato perché ho ancora molto da perdere, un bancomat nascosto, potrei allearmi con Allevi, cercare l'avvocato per farmi dare i soldi: io posso ancora tornare indietro, ripiegare ai vantaggi e alle comodità.

Il treno viene annunciato, arriva da Finale Ligure. Mi faccio avanti per essere il primo tra quelli che accolgono il proprio caro. Tra la folla di creme e abbronzati, l'oscenità delle borse da mare, sbuffano che è finita e sorridono all'unisono. Sono fermo all'inizio del binario, qualcuno gesticola per farsi riconoscere dagli ex-bagnanti. Di solito quando mia moglie mi veniva incontro parlava al telefonino con la sua famiglia altolocata.

Proseguo lungo il binario, supero l'ultima carrozza, oltre la tettoia di vetro e acciaio sporco che copre la stazione. Solo linee ferroviarie che sbocciano e diventano curve, diramazioni e incroci.

Non c'è nessuno, fischi da lontano dei locomotori, nessuno parte più.

Mi avvicino alla prima costruzione, sono tutte riservate al personale. Una bicicletta con portapacchi incorporato è appoggiata al muro e senza lucchetti, anche i brandelli di una tuta da lavoro, utilizzata come straccio per sgrassare. Cartelli del turno, un inserviente col mio cognome. Domani lavorerà dalle quattordici alle ventidue. Mare di binari, estremità scintillanti, la scritta *Cooperativa Rialzo* all'altezza del tetto. Un'isola adibita a mansioni in mezzo al traffico ferroviario. Vetri sporchi, coltre che impedisce di intravedere al buio gli interni di un ufficio, un deposito, un'abitazione abbandonata, c'è un cappello da ferroviere su un appendiabiti.

Voci in arrivo, sono le sagome di tre persone che spio da un angolo del vetro. Uno si arrampica su un convoglio in sosta, l'obiettivo è il finestrino.

Provo ad aprire le porte della costruzione, ogni entrata è sbarrata. Approfitto del buio, i tre stanno avanzando lungo il binario.

Mi alzo e dissimulo che mi sto nascondendo. Si avvicinano con passo veloce, uno ha la maglia del Real Madrid. Sembrano italiani, sembrano nordafricani, nessuna parola, rompo il silenzio. Un sì, come per dire "desidera". Il calciatore si morde le labbra, indietreggio, un movimento impercettibile, vado a sbattere contro la parete dell'edificio. Real Madrid è sorpreso, scappo. Corro verso le banchine dei treni, sprofondo all'entrata del sottopassaggio, attento alla caviglia vulnerabile, scendo scomposto giù dalle scale, sono agitato. Atterro nel corridoio sotterraneo che collega i ventiquattro binari. L'eco amplifica i passi, si sentono le voci di chi lavora che arrivano dai piani inferiori, dalla rampa di scale salgono due persone, le loro giacche a strisce fluorescenti mi tranquillizzano, addetti alla pulizia che risalgono al binario tre, supero lo striscione di protesta che penzola dalle pareti mosso dal mio passaggio. I licenziamenti in atto, tagli del personale, gioco di parole *Trenitaglia Cgil.*

Qualcuno sta arrivando di corsa, supero l'accesso vietato ai non addetti, così c'è scritto, nero su giallo. Scendo lungo le scale, verso il piano meno due, la luce è più forte, odore d'olio e macchinari, muri incrostati e infiltrazioni. Non c'è nessuno, stanze che sono depositi, porte che indicano gli spogliatoi dei capi servizio, dei pulitori e degli addetti al carico, altri passaggi sotterranei vietati al pubblico. Da qualche parte ci deve essere lo spiazzo nascosto dove i deportati ebrei venivano radunati prima della destinazione lager.

Anche all'epoca quelli che andavano bene continuavano a mangiare, a lavorare, a fare figli. Tutto viene dimenticato, niente cani che ringhiano e italiani che deportano. Mi fermo di fronte all'ultimo sbarramento con catene e lucchetti che delimitano, qui nel cuore della stazione, sepolto dalla storia di milioni di partenze. Compare un addetto ai lavori, mi invita a uscire. La stazione è piena di disperati che non hanno il giorno dopo, anche stanotte cercherò una pensione.

# 10 giorni all'Expo

## 1
## *Autodifesa*

Un negozio di armi, è la prima volta che mi viene da entrarci. Ho sempre snobbato quelle vetrine piene di lame e tele a chiazze, ci vanno gli scoppiati, i futuristi del terzo millennio, quelli che amano le guerre via web, la gente robusta, ma non posso restare a lungo nascosto in albergo e non mi va più di sentirmi indifeso. La violenza è in giro e tu ti adegui, sei solo una persona che sta per i fatti suoi. Stamattina i rasati dello stadio hanno aggredito a sprangate alcuni manifestanti perché sui loro cartelli si vergognavano di essere italiani. Sul giornale c'era scritto che il paese sta cambiando, che si risponde ai colpi dell'avversario e che questa volta la polizia è intervenuta tempestivamente, solo qualche contuso. La democrazia viene garantita e le forze dell'ordine hanno circondato la sede delle tifoserie.

Cammino lungo corso Buenos Aires. Scritte in inglese, russo, tedesco, francese, giapponese e qualche lingua da arabo miliardario filo-nostro modo di vivere, la pensano come noi a Dubai terra di troie e droga, ti tagliano la mano se lanci le bottiglie agli occidentali.

Pietro Koch mi cerca al telefono, ma non rispondo. Devo ultimare le modifiche alla sua brochure, lo so che c'entra l'etica professionale e la correttezza.

L'armaiolo di corso Buenos Aires è accanto alla vecchia sede dell'estrema destra incendiata. Porta blindata e metal detector, cicalio per tutta l'apertura, cerchi di fare più veloce con la porta di questa trincea. L'armaiolo mi sta squadrando, sono buono o sono cattivo. Accenno un saluto, sono qui per vedere cosa mi consiglia per l'autodifesa.

L'armaiolo tocca subito l'argomento sicurezza di questi giorni, non mi sorprende, è come tutti gli armaioli che una mezzasega come me ha sempre immaginato, parte contro i subumani, negri, romeni, zingari e dall'altra parte gli angeli italiani. L'armaiolo non fa prigionieri, quelli ce li abbiamo in casa, pezzenti famelici che aspettano al buio, tutta gente che deve essere messa sotto. Negoziante di armi da quarant'anni, esperto in accoltellamenti e sparatorie, sa come si trasforma l'uomo quando viene minacciato, si intende di ripercussioni umane, ogni arma dà vita a chi la usa per difendere se stesso e le persone a cui tiene. Maledice Schengen e l'Unione Europea, imposizioni che vanno bene in paesi abituati da secoli a tenere sotto gli stranieri, l'Inghilterra aveva gli schiavi, noi ci abbiamo provato, ma è durato troppo poco l'impero. Mi mostra un fucile Garand, foto della guerra di Libia e mostrine delle truppe coloniali.

Giacca senza maniche da cacciatore mercenario. Uccidere rende più buoni. I coltelli esposti, pure da donna ci sono. Io insisto che è più facile una bomboletta di spray antiaggressione, voglio il modello che un tempo era fuorilegge, tanti metri di gittata e un più potente effetto alle vie respiratorie. Ecco che si prova a essere donna, dico che è per mia moglie, finisce i turni tardi. Mi mostra come si usa e parla male degli ucraini, mafiosi che menano i ciechi e violentano le donne.

Si raccomanda su come ottenere un uso efficace dello spray anticattivi, che io lo devo insegnare a mia moglie. Dice Dio gliene scampi, ma se dovesse mai averne bisogno deve agire subito e urlare per richiamare attenzione, mai dare vantaggi, che quelle sono bestie e prima di strapparti i vestiti ti riempiono di botte. L'armaiolo afferra la bomboletta e punta il braccio. Dice che mia moglie deve spaventarli, mica può sperare nell'intervento dei passanti, pochi sanno come comportarsi.

Mia moglie deve mirare al collo, così è più sicura di colpire agli occhi e alla gola. Un colpo solo.

## 2
## *Nuova casa*

Ho cambiato la maglietta che era fradicia. Fa sempre più caldo, ora che ho la bomboletta e anche il cutter come deterrente finale, voglio comprare una minitenda che non si faccia troppo notare fra i cespugli. All'inizio dormirò fuori, per rendermi conto di cosa succede intorno. Come una casa protetta, alla Decathlon costano poco. Le mie spalle sono ancora arrossate dalle cinghie, me le massaggio, faccio tutto da solo.

Compaiono le prime borse bianche di chi è uscito dal grande magazzino dello sport, oggi è il mese dei grandi sconti. Si argina la crisi, la vita va avanti lo stesso, anche se io sprofondo. Si avvicinano le ferie, la normalità rassicura in questi momenti, occupa la mente. Andrea, quarantasette anni e il malessere che si porta dietro, forse per la moglie e un figlio mai nato, ho ammesso tante volte che non ne avrò mai uno e che se sei padre devi anche diventare un eroe per l'esistenza che hai messo al mondo.

Cammino nei corridoi senza soffitti del grande magazzino di articoli sportivi dove puoi scegliere tra le due opzioni mare o montagna. Costumi, materassini, palloni, tende e calzature da trekking, pure le biciclette che stanno spopolando nel nuovo territorio cittadino in cui vivere meglio e tutti insieme, secondo le nuove prospettive della libertà ecosostenibile. Elenchi di prodotti scontati, quei caratteri pragmatici che vogliono comunicarti convenienza, che potrai arrivare alla fine del mese, sbiaditi messaggi promozionali che incoraggiano, ce la puoi fare se ti attieni al poco, siamo tutti pedine dell'economia, anche se pensiamo alla sopravvivenza.

Il commesso è giovanissimo, la pettorina e i suoi primi guadagni, mi mostra la TreSecondi marca Quechua. Ci vogliono tre secondi a montarla, basta aprirla, comoda perché non devi fissare tubi e strutture. Quelli bravi la lanciano in aria, cerchi compressi che una volta liberi operano dinamicamente nella costruzione dell'igloo, semisfera a tessuto tecnico. Resistente al vento e alla pioggia.

Il commesso mi consiglia il modello a tre piazze, gli ho detto che siamo io e la mia compagna. Non mi crede, però va avanti nella spiegazione. Mi scosto da lui perché so di puzzare.

Ho ascoltato i suoi consigli, ma opto per quella monotelo senza doppio fondo rinfrescante che è meno ingombrante nello zaino. Non sto a scegliere il colore, quello che avete, decide sempre il caso. Al commesso scappa una smorfia che credo sia fastidio.

## *3*
## *La notte senza tetto*

I miei no di solidarietà non bastano. Pietro Koch sta precipitando, una vittima che ancora non è stata abbattuta. Pietro Koch contro tutti, ha bisogno anche di me, il mio dispiacere è accorato e partecipe.

Il potere gli si è messo contro, stanotte c'è stato un attentato al retro del bar, dove si svolge l'attività badanti. Pietro Koch è stato preso di mira, proprio adesso che si era trasformato nel piccolo imprenditore Pietro Coccoreddu e che stava alimentando delle speranze, la favola atroce di una morale produttiva che regge l'impero a cui ho sempre aderito.

Pietro Koch ha rischiato di morire, era lì e stava dormendo quando sono state lanciate le molotov. Le fiamme erano dappertutto e facevano paura. È stata gente che se ne frega delle conseguenze. Pietro Koch odia questo paese che è mafia a tutti i livelli di potere, tentacoli alla luce del sole.

Garantito da Pietro Koch che il mandante è uno di spicco nel locale volontariato ecumenico. Si premiano fra loro a fine anno, per la bontà e la carità sotto casa e nel mondo. Lui lo chiama il mezzoprete, avrebbe tutto l'interesse che gli anziani di Abbiategrasso fossero affidati alla sua organizzazione di badanti italianissime, selezionate tra quelle donne che frequentano le parrocchie locali. Lo dice anche alle riunioni, organizzate da un'associazione per la valorizzazione della cultura locale e il rispetto degli antichi valori.

Pietro Koch cerca uomini e appoggio per fare gruppo e opporsi tutti insieme. Conta sul mio aiuto, anche se per lui è palese che non so distruggere. Sta facendo proselitismo. M'inculca telefonicamente l'odio per il mezzoprete, colpevole di aver colpito un mio amico.

Pietro Koch & Svetlana danno fastidio, tutto procedeva. Avevano già distribuito la mia brochure con un esito insperato, sì a quelle modifiche ci hanno pensato Svetlana e l'amico stampatore. In molti si sono rivolti a loro per sapere della nuova attività, suscitando l'invidia dei concorrenti, gli avidi e cinici assassini.

Pietro Koch si è accorto in tempo delle fiamme. Ha visto della gente in moto fuggire.

Provvisoriamente userà come ufficio la cucina di sua madre, che tanto la povera donna non può farsi da mangiare. Gli dico che passerò da lui e che mi dispiace e le cose che vuole sentirsi dire in questo momento, sui preti e la chiesa che da sempre sono la rovina d'Italia. Pietro Koch odia le tuniche e che si preghi. Dice che anche gli arabi sono così, tutti uguali i fedeli a 'ste cazzo di divinità, in ginocchio ad aspettare che il destino distrugga la vita e i figli, tutti mezzipreti.

Pietro Koch è soddisfatto che ho appoggiato le sue parole. Grato in prima persona singolare, niente plurale, lui e Svetlana. Siamo più vicini, Pietro Koch dice che noi cadremo sempre in piedi e che può contare su un amico come me, i suoi compagni sono persone troppo semplici e senza istruzione. Mi confida anche di aver contattato gente che s'intende di esplosivi, gli hanno elencato un po' di materiali: il Kinepak che si può comprare sul web, ma costa parecchio, per il resto basta tritare semplici fogli d'alluminio comperati dal ferramenta e del fertilizzante per fare saltare tutto, dalla sede dove opera il mezzoprete al Cenacolo, al Duomo, i simboli di questa città sempre più ingrata che arricchisce alle nostre spalle quelli già ricchi, ancora più voraci con l'avvicinarsi dell'Expo.

Lo saluto e proseguo, c'è ancora da camminare, nient'altro che muoversi in silenzio. Ripongo il cellulare in tasca. Non ho più contatti, oltre a lui e l'uomo dei trolley, necessari per non farmi sommergere dall'isolamento. Non diventi un barbone finché ne sei consapevole, quelli parlano da soli e nessuno gli chiede più niente.

Spengo per tenere carica la batteria. Dovrò ricaricarlo in qualche bagno di un bar. Sto anche cercando un nascondiglio più sicuro per il bancomat, per ora ancora dentro le calze. Quando sei solo pensi una cosa alla volta.

Rieccomi nei pressi dell'aiuola dormitorio, il nero è già lì e non fa niente come l'altra volta. Avvolto dall'odore delle tante pisciate perché qui vengono in tanti, l'Expo non esiste quando tu non hai una casa e la normalità che ne consegue. Però posso guardare le luci involontarie della città e ascoltare i frammenti di silenzio rivolti a qualcosa che solo l'istinto riesce a cogliere. Accetto ogni attimo che ora scorre.

Respiro, è importante, il resto diventa secondario, come rinunciare al filo interdentale che usavo rigorosamente la sera prima di dormire. Ho mangiato e anche bene, primo secondo e contorno all'Autogrill del Duomo, ho ancora dei ticket che mi avanzano dal lavoro e che devo fare fuori entro la fine dell'anno. Vita senza tovaglia, sedie e rubinetti a portata di mano, mi lecco le dita prima di togliermi le lenti a contatto. Ne ho sempre comprato una confezione ogni mese. Quando i soldi staranno per finire, userò gli occhiali fuori registro che mettevo a casa. Ora sono la forma più simile all'animale come non lo sono mai stato, ottomila anni di civiltà scritta dentro e che ti ritrovi a ogni fremito. Ogni animale che si ritrovasse imprigionato nell'esistenza di un uomo piangerebbe.

Il ragazzo nero è come sempre indifferente. La sua bocca sospesa, a sondare l'aria che sa nuovamente di merda, l'isolamento diventa malattia.

Non mi ha mai parlato, gli appoggio degli ecco ogni volta che gli passo le sigarette. I suoi pantaloni sdruciti, squarci da cui si vedono le mutande.

Tiro fuori dalla tasca il solito pacchetto stropicciato apposta, per non metterlo a disagio, e anche dei fiammiferi.

Mi rendo conto di tutto, sono lucido, ogni giorno all'aperto mi allontana dalla morte senza i sintomi apparenti di quand'ero casa, ufficio e programmi riproduttivi. Offrire sigarette a un emarginato che non vede, non parla e non dice. Lo faccio per non sentirmi solo. È importante ammettere la versione peggiore di se stessi. Il nero ogni volta aspetta. Poi allunga la mano, ma solo quando io allontano la mia. La sua diffidenza vuole la mia distanza, sto fermo e aspetto.

Il pacchetto e i fiammiferi abbandonati di fronte a lui, indietreggio dandogli le spalle.

Tra le erbacce ci sono ancora le mie tracce. Riprendo la forma delle notti precedenti, sono un'impronta. Sdraiato, lo zaino sotto la testa, passo un braccio dentro le cinghie per tenere sotto controllo i miei oggetti, devo procurarmi anche io del cartone, l'umidità penetra dentro, ancora non sono pronto per la tenda. Mi sto abituando, ho meno paura degli eventi, faccio parte della natura attorno.

## 4
## *Io contro i ragazzini*

Tre e mezza luminose sul palazzo Banca Intesa, apro gli occhi. Sento passi e voci, mi nascondo tra i cespugli. Sicuro che hanno gridato Cinghiamattanza, che cercano qualcuno da bruciare. Un gruppo di ragazzini, c'è anche una col pube di fuori, i suoi amici si eccitano che lei ci sia mentre umiliano quelli non conformi all'uomo esemplare.

Cinque cappellini da baseball, niente taniche di benzina né spranghe. Si sono fermati alle panchine, seduti sugli schienali, stravaccati, felici e arroganti. Tiro fuori la bomboletta, aggredire prima di essere aggrediti.

La voce alta è minaccia, bevono e se ne fottono che dormiamo. Ora si avvicinano all'africano, lo illuminano col laser verde ancora considerato un giocattolo, ridono che sta russando e gli fanno le foto, sono in tanti contro uno. Mi sfilo la cintura, emergo dalle foglie.

Sono lo spettro del loro futuro, ci vuole un attimo per invecchiare, calpesto apposta le foglie per fare rumore e uscire trionfalmente dal buio, da questi anni posticci, a distanza di sicurezza, sagoma tremante generata dall'aiuola che osserva il gruppo dei giovani spensierati, la fortuna di avere un tetto, una vita davanti e deridere chi sta annegando.

Scostano la testa nella mia direzione, l'elemento fondamentale del presepe cittadino, clochard, l'ennesimo che vedi e dimentichi. Da giovane non consideri la scomparsa.

La bomboletta stretta in pugno è parte del mio corpo, roteo la cintura mentre li carico, grido io adesso, grido Cinghiamattanza, sono io la loro apocalisse, la distruzione di Varsavia. Mi puntano il laser in faccia, ragazzi che diventano ragazzini, io sono un adulto malato di classismo che vuole il sangue da quando è nato, i soldi del vostro casato ora non servono, spacco culi e massacro chi si mette contro di me, quando cerchi di morire è così.

Grido Cinghiamattanza, Cinghiamattanza. Punto la bomboletta e premo all'estremità come c'è scritto nelle istruzioni rivolte a donne indifese, la nuvola effetto concentrato long distance mi va in gola e tossisco, non respiro. Roteo la cintura e colpisco alla cieca su schiene, teste e braccia, non mi ferma nessuno, sono l'alieno arrivato dal pianeta peggiore.

I ragazzi fuggono dalla nostra aiuola. Restiamo soli io e il nero che tossisce stordito.

Ora che tutto è passato mi posso fermare. C'è l'odore sempre più acre, il peperoncino, l'africano e i miei vestiti, sono fradicio perché la tensione ti cambia chimicamente, mia moglie proverebbe compassione.

L'africano si alza in piedi, afferra il cartone e la bottiglia e non mi guarda né ringrazia, se ne va. Manifestare riconoscenza è un obbligo tra le relazioni al chiuso, ma qui è la sopravvivenza e in questi giorni anche io l'ho sfruttato. Si sta allontanando, trascinando con sé gli averi. Anche io devo scappare, i ragazzini potrebbero tornare coi rinforzi o avvisare la polizia, la paura è un pensiero che non riesco ancora a controllare. Devo lasciare questo spiazzo e raggiungere l'uomo dei trolley, la sua zona, ci vuole una decina di minuti.

Sì, ci siamo già conosciuti e lui mi ha mostrato il suo spazio. La regola deve essere che non posso invadere il suo territorio, senza che mi abbia invitato. Devo imparare, ognuno ha un suo angolo protetto.

Non stava dormendo e ora gli racconto cos'è successo coi ragazzini, solo un pericolo che ho intuito, mi sono sentito impotente, ma ho reagito. Mi dà consigli, quell'aiuola non è sicura, ci sono troppi accessi che non è possibile controllare. Delle volte quelli come noi spariscono, dice, come se non avessi mai letto le notizie sulla violenza verso i deboli e i suicidi in metropolitana e dai viadotti. Ho ancora da imparare, devo bere tanta acqua e mangiare fresco ogni tanto. Importante non ammalarsi, quelli come noi non finiscono nelle corsie di un ospedale. Siamo un problema anche per gli altri pazienti. Diventi materiale per gli studenti che non sanno usare ancora bene il bisturi e si fanno gli scherzi alle lezioni di anatomia.

Mi racconta ancora che in zona Mecenate vent'anni fa hanno trovato il corpo di un anziano con segni di decubito. Gli esperti hanno accertato che fosse morte naturale. Qualcuno l'ha buttato via, la moglie o i figli se ne sono sbarazzati.

Lo accompagno a farsi pubblicità. Dice che è necessario per lui creare bisogni, anche tra noi che siamo agli sgoccioli. Quando uno come me vende un oggetto tecnologico che non gli serve più ci guadagna in cibo e autostima, facciamo parte del mercato anche noi e il numero dei senza più niente sta aumentando. Dare speranza, questa è la sua missione, sembra crederci, tutti dovrebbero fare come lui. Il suo è un giro per segnalare la propria presenza, non è suo obiettivo quello di presidiare il mercato, ormai c'è saturazione, i paesi che hanno inventato il gioco della vita bella per sempre sono affondati da anni, negli Stati Uniti si piange tutti i giorni.

Batteremo la zona all'interno della circonvallazione, area ancora felice, ci puoi fare shopping fino alle ventidue, l'uomo dei trolley è l'anima del commercio che nasce dal basso. Ha un programma a lungo termine, vuole consolidarsi nel cuore senza orari di Milano, che lì la povertà non c'è ancora, ma ci vuole niente a perdere tutto.

Etichette su pali, semafori, sportelli del gas, ci si fa il nome con questi biglietti da visita adesivi che un suo amico gli ha prodotto al computer, con la via, le date e l'ora, così arriva la gente. C'è anche un logo, una stretta di mani stilizzate da sembrare bocche che si sfamano, è il suo brand, mi dice. Si confida, è una specie di patto.

Lo aiuto con piacere. La sua etichetta è dappertutto, un segnale che vuole sembrare moda, la finta povertà dei negozi seconda mano vintage per ragazzi di buona famiglia ma alternativi. Devo pisciare, l'uomo dei trolley si ferma e aspetta, un altro minispazio verde. Solita storia, un tempo c'era il verde, quello vero e non impiantato per fare scena.

Siamo tornati alla sua area protetta, la cancellata attorno è fondamentale, i ragazzini qui non entrano, rischierebbero di chiudersi senza vie di fuga. Non dobbiamo lasciare che i nostri bagagli siano visibili. Aiuto a nascondere il suo patrimonio a rotelle e tengo sott'occhio il mio zaino. La tenda resta ancora chiusa, l'uomo dei trolley mi invita a non montarla sempre nello stesso posto, di farlo quando non mi vede nessuno. Devo stare attento ai cani, ai loro padroni capaci di chiamare i vigili se si ostacola lo spazio pisciata delle loro bestie. Sostiene che chi ama troppo gli animali ha problemi con gli umani.

Sistema il sacco a pelo sopra al materassino, dorme all'aperto anche lui. Si chiama alienazione ciò che vedo in lui e nel suo attaccamento ai trolley, come io già faccio con lo zaino. Niente più ipotesi su cosa può succedere, lui s'è fidato, io mi fido, è necessario. La diffidenza è nel possesso che difendi dal pericolo, visto che nello zaino ci sono merci appetibili per i suoi affari, me lo ha anche fatto capire il signor uomo dei trolley, alla polizia posso dire che si chiama Toni oppure Tony, il telefonino e tanti miei oggetti sono ancora commerciabili, non il pc che ho lasciato al deposito. Mi sono portato dietro anche il cd che avevo ripreso ad ascoltare, il mio preferito, così importante quel punto esclamativo alla fine del titolo, *Sandinista!*

È un bel gesto regalare, donare, liberarsi di ciò che ti piace. Devi lasciare alle persone che si aprono con te, non ho più niente.

Infilo il mio cd importante tra le sue cose, non ci sono discorsi da fare. I nostri angeli devono agire alle spalle.

# 9 giorni all'Expo

## 1
## *Fare la barba*

Ci siamo alzati e usciamo prima che arrivino gli inservienti. Il parchetto chiuso al pubblico verrà riaperto alle otto del mattino. L'uomo dei trolley sa che devo andare, proseguiamo oltre la cancellata senza dirci niente, solo le ruote dei trolley che affondano. Uno scooter chiede spazio, come si fa coi reietti. Clacson, acceleratore e imprecazioni discrete, l'eroe in cravatta e auricolare sgomita e mette le marce, quel diritto a proseguire verso la fonte di sostentamento che ha priorità sulle vite che mancano all'appello.

L'uomo dei trolley attraversa la strada e niente commiato. Il silenzio è ora, un mistero non previsto, le parole sono edifici della nostra personalità, ci trovi un senso rassicurante e quei giudizi che riempiono il tempo. Siamo corpo e intenzioni che degenerano lentamente, come le foglie d'autunno. Devi accettare il silenzio, la parte onesta di ogni persona. Tutti innocenti e anche Pietro Koch quando chiede aiuto perché i suoi sogni di gloria materiale sono stati stracciati dal destino, da altri figli di puttana più pragmatici e influenti di lui. Mi ha detto che c'è bisogno anche di me, per chiedere sostegno si fa prima una lista di persone, quelle che secondo il nostro tinello mentale non possono tirarsi indietro. Pietro Koch è cresciuto in gruppo, ne ha sempre fatto parte, con l'idea dell'amicizia a buon rendere e che ti costringe a ricambiare.

Va bene così, siamo io e la mia vita e tutto il resto succede. Sto cercando un posto dove fare colazione. Il bar più vicino che ha una testa coronata come maniglia, tutti in movimento nelle rispettive mansioni, a quest'ora. Poggio lo zaino e sono gentile, le regole sociali impongono la deferenza, non faccio parte dell'ambiente.

Barba che cresce e gomiti sporchi, l'odore non lo senti quando ti ci abitui.

Ordinare cibo dà idea di salute, ho tirato fuori il bancomat per rassicurare. Cappuccio e brioche, buona la marmellata e ne chiedo un'altra. Lo stomaco dà segnali, ho bisogno del bagno, nello zaino anche il rasoio e la minischiuma. L'aspetto è importante, c'è tutto qui dentro, sto frugando e si vedono le mutande e le calze come un turista in viaggio che ora chiede dove sono i servizi. Lo zaino resta accanto al bancone, ho chiesto al gestore se mi ci butta un occhio. Mi siedo sul water, c'è la presa per ricaricare il cellulare. Inizio a insaponarmi, tengo aperto lo sciacquone perché il silenzio insospettisce.

Ancora qualche minuto, la pelle liscia come quando ero pronto per l'ufficio. Di nuovo il carico in spalla, verso la libertà che senza garanzie sembra dolorosa. Saluto ed esco.

Il mio cellulare era sempre spento e Pietro Koch in questi giorni mi cercava. M'ha raccontato che aveva quasi riparato i danni dell'attentato e che era pronto a ripartire, ma gli è arrivato un divieto dal Comune. Se non hai agganci politici vieni travolto, non è cambiato niente. Di nuovo il mezzoprete secondo lui. Pietro Koch ha accusato l'Italia, manca l'etica, si abusa di chi deve rendere conto, con l'uso della legge e della democrazia nata il venticinque aprile. Se fosse riuscito a diventare il piccolo imprenditore Pietro Coccoreddu si sarebbe sentito salvo, anche nell'illusione di un bel prato all'inglese e di un'ex-affamata pronta a servirlo. Pietro Coccoreddu ormai perde credito, alcune delle ragazze spedite dal fratello di Svetlana hanno mollato. Vuole trovare delle bulgare o romene, cittadine europee che non hanno problemi per il soggiorno, però Svetlana è ucraina e si sente messa da parte. Ma Pietro Coccoreddu ha debiti per le spese sostenute, senza contare gli arretrati che deve anche a lei.

Non mi chiede più come me la passo, mi ringrazia per la solidarietà, Svetlana invece rompe i coglioni per i soldi, così ha detto, come si fa tra maschi quando una donna è scaduta. Già, perché delle volte hanno dormito insieme e tra uomini ci si capisce.

Secondo Pietro Koch, che ha bisogno di me, si deve reagire per rispetto alla nostra dignità e allora oggi lo vado a trovare, perché è un legame e la mia coscienza e senso di appartenenza sradicati stanno ancora cercando una base. Mi porterò dietro lo zaino, potrà constatare che non ho grinta e rispetto per me stesso, che non lotto e non scelgo una bella illusione, che mi sono fatto fottere la casa. Sto rotolando e non mi rialzo, Pietro Koch categorizza gli eventi del destino ed è platealmente generoso. Ma io non voglio essere aiutato.

## 2
## *Ritorno ad Abbiategrasso*

Luci appassite e rumori sordi in lontananza, il grigio che condanna quest'angolo di piazza così vicino alla stazione. Rendo omaggio al bar ferito, i segni dell'incendio sono evidenti, l'insegna è ancora annerita. Quelli dell'altra volta, ma senza l'arroganza della birra e della festa tra pari, fumano e aspettano. Pietro Koch arriva a momenti. Speranza e memoria sono fervide quando ti senti defraudato, i bisogni sono basici.

Dei bambini stanno giocando, schizzano su una pozzanghera, volti appiattiti dalla volgarità e dalle abbuffate di chi li ha messi al mondo, alcuni di noi si ritrovano già segnati fin da piccoli, lo sappiamo tutti. Sorrido e li incoraggio a tirare fuori il meglio. Sei costretto a lasciare un segno in questo mondo, ci sono tante opere d'arte ritenute senza tempo e che nascono dal vuoto. Ossessioni, follia e dolore dietro i quadri che danno fama ai critici. Mettere al mondo, il proseguimento di ogni singola esistenza. La vita parte da zero, selvaggia e sporca, rotola per terra. I bambini gridano e attirano attenzione. Ho sempre adorato i cuccioli di cane, l'istinto ci porta ad adorare le forme di paternità. Alcuni muoiono senza aver figliato, hanno tanta cultura le persone che si estinguono con il loro decesso.

Ancora altra gente e finestre che si aprono, arrivano anche i due ex-buttafuori del Plastic. Anche io sono qui per Pietro Koch, le persone che si sentono simili sembrano più unite e hanno bisogno di guide.

Entro nel bar con gli altri, Pietro Koch mi porta a visitare il retro, dove ci sono stati i danni più ingenti, ragnatele di fumo che dal pavimento tracciano il soffitto. Le esalazioni chimiche rimangono perché è bruciato tanto materiale sintetico.

Pietro Koch torna alla sera delle molotov, era sveglio, stava pensando a Svetlana, a tutto quello che ha fatto per lui in questo periodo. Pietro Koch vuole vendicarsi, dice che chi minaccia il tuo futuro è un assassino. Gli piace confrontarsi, anche se sto zitto. Prima lo rispettavo, ora inizio a temerlo. Sta progettando il passo dopo, l'hanno colpito mentre stava per concretizzare l'opportunità che ci viene inculcata dai signori del bene, della pace e del progresso. È una questione di principio, ci sono di mezzo persone indifese e la comunità questa volta approverà.

Mi offre una lattina di birra, vuole sapere dello zaino e gli racconto del parco, del nero e dell'uomo dei trolley. Pietro Koch è incredulo che io abbia abbandonato l'appartamento a degli sconosciuti, che abbia ceduto senza reagire. Non è semplice, gli spiego che mi sono ritrovato i recuperatori di credito e sono stato costretto. Pietro Koch non abbandona un amico e mi offre ospitalità, c'è sempre posto anche per lavorare al bar e non devo di dire di no, però lo dico. Ringrazio per l'offerta e lo abbraccio da uomo a cui non piacciono gli altri uomini. Oramai siamo uguali, pure io me la passo male.

Pietro Koch solleva il mio zaino e lo appoggia nell'angolo, accanto a un monitor relitto di un pc. Ha un nuovo pezzo che si è procurato a Novegro. Mi mostra una bustina di feltro anni Venti, apparteneva alla cosiddetta Armata Rossa della Repubblica Sovietica Bavarese, un'improvvisata meteora di totalitarismo libertario, capace di dichiarare guerra alla Svizzera prima che tutto finisse nel sangue.

Poi mi porta dietro il cortile dove mi presenta dei manichini sgraziati e senza volti. Sono la riproduzione inanimata degli anziani da assistere, servivano alle aspiranti badanti per esercitarsi a sollevare i pazienti. Riempiti di sabbia, presi dal rivenditore sanitari consorziato che ci ha sempre guadagnato grazie al permesso esclusivo del Comune, c'è la mafia del monopolio. Compito di Svetlana insegnare alle conterranee, anche quali sono le marche dei cibi da acquistare e le abitudini alimentari e igieniche degli italiani.

Pietro Koch mi dice che i figli ti osservano quando accudisci i loro genitori, devi esasperare l'affetto che non sanno più manifestare per la paura della fine. Pietro Koch non considera che ho avuto anche io una madre, forse più malata della sua. Andavo ad aiutarla e ho smesso quando tutto è finito.

Mi chiede se ho mai sollevato un vecchio non autosufficiente e mi fa provare. Devo flettere le gambe per evitare di sforzare la schiena e poi afferrare il manichino dalle ascelle, aiutandolo a muovere i passi fino al deambulatore o la sedia a rotelle.

È sorpreso che io sia così pratico, ho spostato senza problemi la gloriosa signora dai capelli bianchi e termoplastica, allora gli racconto di come stava messa male mia madre. Questo dolore personale inaspettato nobilita il suo parere nei miei confronti. Si commuove, ma ci mette poco a dimenticarsene. Mi chiede se posso fare da referenza per piazzare le badanti che gli sono rimaste fedeli, darà il mio numero e sarò un certo signor Di Blasi che garantirà che la ragazza di turno è stata eccellente con mia madre, mio padre, la mia famiglia in generale, soprattutto che non ha rubato, è stata puntuale, pulita, gentile e professionale in tutto e per tutto.

Stasera andremo dal nemico mezzoprete, non mi posso tirare indietro. Dobbiamo spaventarlo, salirà su un mezzo per recarsi alla sede di un'organizzazione laica che difende le tradizioni, anche se comunque non è questo il problema. Puoi essere quello che credi, ma per conto tuo, ha detto Pietro Koch. Chi impone sbaglia e raccoglie dolore, Pietro Koch ci tiene alla storia che ognuno ha la sua dignità.

## 3
## *Missione spavento*

Siamo partiti, motoraduno senza panini e fotografie al panorama, sono sullo scooter guidato dal supplente, faccio parte del gruppo che cambierà questo pezzo di mondo. Anche quelli rimasti al bar sono dalla nostra parte.

Il supplente mi ha passato la Luger giocattolo da softair, metallo nero così reale e oggetto di design, ammiro il rigore estetico della morte gloriosa. Si porterebbe sempre dietro quel pezzo di ferro, dopo la cacciata da tutte le scuole della Regione.

Devo custodire l'arma fino al nostro arrivo. Apparteneva a un professionista a cui trema la mano, ex-qualcosa nell'exdestra moderata che ora è trasmutato in ecologista moderato, la corrente in espansione che ridimensiona la trance ambientalista dei primordi per venire incontro alle esigenze dell'economia e dell'industria, realpolitik, altro che prati e aria buona.

Gli ex-buttafuori hanno potuto fornire armi di scena grazie all'incidente di qualche domenica fa, quando i recinti dell'area gara dietro Settimo Milanese sono stati circondati da così tanti nordafricani con le bottiglie spaccate. Prima che intervenisse la polizia c'è stata la fuga dei partecipanti che hanno abbandonato quasi tutto l'equipaggiamento.

Il supplente avrebbe preferito l'esemplare del Thompson americano, dice che lo usava un suo nonno nel quarantacinque, l'eroe delle montagne, e che ora i pronipoti dei garibaldini sono leghisti.

A me hanno dato un martello. Basta e avanza per fare paura, bisogna spaventare il mezzouomo mezzoprete mezzotutto, nessuno deve mettersi contro il futuro di Pietro Koch.

Imbuchiamo una strada che porta fuori, verso le zone del regno di nebbia, dove nessuno sta in giro dopo una certa ora.

Ci siamo, scendo dallo scooter, prendiamo disposizioni da Pietro Koch.

Quello è il pulmino VW, aspettiamo che il mezzoprete arrivi. Sulla fiancata la scritta *Amici del Sole*, programma di riabilitazione per bambini affetti da sindrome di Down della comunità assistenza San Luca, c'è anche la decalcomania dei boyscout. Pietro Koch arringa i suoi amici fedeli e pronti a tutto. L'inventore dei boyscout è un potenziale criminale di guerra. Si programma l'educazione, si plagiano menti ancora in grado di salvarsi.

Arrivano dei bambini handicappati in gregge, non ce li aspettavamo, si tengono per mano e cantano una nenia. Voci che imparano a volare e raccontano del sole sempre più grande e raggiungibile.

Pietro Koch ci ha ingannato, ma nessuno dice niente, solo

facce perplesse che non osano sfidare il capo. Pietro Koch se ne approfitta, sa che è obbligatorio aiutarlo, dopo il torto che ha subito.

Ma io dico di no, che dobbiamo rinunciare perché i bambini si spaventerebbero. Accuso Pietro Koch di averci imbrogliato, l'obiettivo doveva essere solo.

Pietro Koch mi spintona, resto accanto allo scooter. Gli altri lo seguono e circondano il gregge, stanno salendo sul pulmino. Il mezzoprete viene strattonato, Pietro Koch fa cadere i giocattoli e urla di fare presto. I bambini piangono perché gli invasori hanno i caschi da moto e c'è pure uno col passamontagna Mefisto nero, disegnato per terrorizzare le vittime di massacri e stupri etnici. L'autista consegna le chiavi, ma il mezzoprete vuole proteggere i suoi bambini che ora piangono e hanno paura. Uno degli ex-buttafuori gli punta la mitraglietta giocattolo e lo fa cadere. Tutto deve sembrare vero, ogni gesto va esasperato.

Qualcuno intanto ha distrutto un deflettore con una mazza da ferroviere e i bambini gridano ancora di più. Il coro è deragliato e senza più guida, gli uomini di Pietro Koch ricordano la tv, "sei in arresto, sei in arresto" ripetono i bambini rimasti fuori dal pulmino, mi chiedono aiuto.

Pietro Koch trascina il mezzoprete. È spaventato e ha paura e chiede perché. Pietro Koch gli strappa la croce dal collo, Gesù Dio e la Madonna. Faccio confusione sulla formazione della trinità perché non vado in chiesa da tempo. La croce è solo un pezzo di legno, Pietro Koch minaccia di infilargliela nel culo, come fanno in seminario.

I bambini sono tutti saliti nel pulmino che ora viene spostato in un viottolo secondario. Il supplente resta con loro, coi ragazzi ci sa fare, sa di pedagogia e metodologia dell'insegnamento di gruppo. Quello che fa da palo mi invita a stare calmo. Gli rispondo che io sono contro quell'azione, che sono bambini handicappati.

Il mezzoprete viene trascinato verso la palazzina dell'istituto. Pietro Koch gli punta l'arma finta alla tempia, una pistola dell'Armata Rossa che non conosco. Si comporta come nei film d'azione, fissa il nastro isolante sulla bocca del mezzoprete. I barbari danno il via alla distruzione, volano vetri, ante e monitor. Pietro Koch li guida, Pietro Koch incendia perché deve pareggiare, hai ragione quando ti schieri. Sono colpi e fiamme contro le strutture che rappresentano la viltà, perché le badanti possono arrivare da qualsiasi nazione. Dall'edificio inizia a uscire il fumo e tutti corrono alle moto, Pietro Koch non vuole che io li segua. Poi tutto finisce con l'avvicinarsi delle sirene.

# 8 giorni all'Expo

## *1*
## *Tutto è cambiato*

Sono tornato ad Abbiategrasso, ma solo per riprendermi lo zaino. Nessuno mi ha accolto male, vengo del tutto ignorato da Pietro Koch e i suoi fedeli. Sono qui per la mia roba, ho detto. Ma c'è apprensione al bar, solo uno degli ex-buttafuori del Plastic mi parla, m'informa, mi sta spiegando che c'è preoccupazione, che nessuno di loro l'ha presa bene, Pietro Koch è stato isolato. Ci si dissocia quando viene commesso un reato e hai paura delle denunce. Ma Pietro Koch se ne frega, gli sta girando tutto male, svolte sempre più negative. Svetlana è diventata una puttana perché se n'è andata, secondo l'ex-buttafuori l'impresa badanti sta implodendo. Pietro Koch è messo male, tra debiti, tasse e tanta rabbia, sta scoprendo cosa significa la fine di tutto, quando credi di essere quasi arrivato, mai più biglietti da visita intestati a Pietro Coccoreddu. Ha rotto anche con il fratello dell'ex-badante. Ora Pietro Koch vuole raccattare le colf tra gli scarti, quelle cacciate dalle famiglie, con denunce e incazzate con l'Italia. Vuole provare con loro, perché hanno delle motivazioni personali che nascono dalla rabbia, l'obiettivo è predominante sul resto. Basteranno dei fogli appiccicati in cirillico, l'impresa badanti service ritroverà lo spirito di squadra.

Pietro Koch è circondato dai vecchi amici, ha ancora bisogno di loro. Di fronte alla madre sempre più malata nessuno si può tirare indietro. Pietro Koch vuole un aiuto per trasportarla al bar, l'affitto costa e in più ci sono le spese per le medicine. Sto in disparte, li seguo con lo zaino in spalle. Resto più staccato da loro, lascio spazio visto l'ultima volta. Vorrei parlare con Pietro Koch, ma non è questo il momento.

Entriamo a casa, ci sono i segni del figlio, il poster dell'Inter e le foto dalle vacanze con gli amici. Pietro Koch dice che lascia tutto lì, la sua roba non la prende. Anche io non ho tenuto gli scatti coi sorrisi e il sole che sono l'illusione di un ricordo placebo. La realtà è il silenzio, niente da glorificare. Il bagno è pulito e dignitoso, c'è la sedia da vasca per fare la doccia alla paziente e i saponi neutri. Il flacone del Lysoform è fondamentale, carichiamo tutto nei sacchi neri della spazzatura.

La madre novantunenne di Pietro Koch è stesa a letto, protetta dall'odore di chiuso e piscio disinfettato. Poverina, viene da dire dentro. Lo sanno quelli del bar, tanta gloria e valore umano. Pietro Koch si sente una persona spirituale anche dopo aver spaventato i mongoloidi.

Sveglia sua madre anziana non più autosufficiente. La solleva lentamente, l'infinita dolcezza che si meritano i dimenticati. Sul comodino la storia residua di una vita, i viaggi economici verso il pezzo di Liguria, monti e laghi limitrofi consentiti dai risparmi. C'è anche lui da bambino che posa con Mazzola e un autografo. Lì, seduta sul bordo del letto, sorretta da due volontari estratti a caso tra gli amici che un tempo erano così vicini. Tutto intorno odore di chiuso, piscio sul materasso e Lysoform. La vecchiaia è il presepe dell'orrore, troppo vero per essere considerato. Nessuno sorride quando dice vecchio.

L'assistenza alla madre del capo non più così indiscusso prevede che il manichino venga afferrato da sotto le ascelle. Un passo alla volta, l'alito di quando diventi vecchio, residui di cibo putrefatto tra le viti della protesi paradentale.

La staticità delle sue giornate. Non parla, forse ascolta, delle volte ride. Coglie le intenzioni. Anche i cani si adeguano al tono di voce. Le parole non servono, solo versi che ricordano l'inizio. Tutto procede, mi sono isolato, Pietro Koch ha comunque delle persone attorno.

La porta in bagno è divelta da tempo, Pietro Koch infila il guanto sterilizzato e la fa sedere sul bidet, la accarezza e parla a bassa voce. Mi avvicino, lo posso aiutare, è perplesso, imbarazzato, è proprio ora che devo colpirlo, l'azione della bontà mi eleva, gli chiedo quant'è che sua madre non evacua. Non lo sa, non ha più segnato gli orari, lo faceva Svetlana.

Mi lavo le mani e infilo un guanto sterilizzato. Punto il getto d'acqua corrente sul retto e inizio a massaggiare, a stimolare il retto pigro e inconsapevole. La donna reagisce, i suoi detriti bloccati da giorni, l'intestino si sta svuotando. L'acqua scorre, la sostanza fecale si scioglie.

Sempre tanta dolcezza, io rispetto gli anziani. Ha sorriso anche lei, alla nascita del figlio, alle carinerie del marito, alle cose che io non conoscerò perché il punto di non ritorno esiste se smetti di mentire a te stesso, spazio a chi fa correre il mondo.

Continuo a massaggiare, stimolo ancora la spinta. Il gioco della domanda e dell'offerta per ruoli umani nella vita là fuori. Vivo e penso da solo. Ora detergo col sapone intimo ph delicato le zone intime, pure la fica oltre il culo, i peli grigi che le rimangono. Massaggiare mentre l'acqua fa scivolare via.

La solleviamo, io e Pietro Koch, fratelli mancati. Le inseriamo il pannolone. È affetta da strabismo, miope e senza più gli occhiali. Gesti sospesi per la fretta che c'è sempre stata, tante carezze alla madre di Pietro Koch, quelle che si dovrebbero dare a chiunque non parli la lingua che va bene. Non ho mai guardato negli occhi mia madre.

La abbraccio teneramente quando la solleviamo. Il figlio che avrebbe voluto, meglio di Pietro Koch, da qualche parte nella sua memoria.

Borotalco, leggero sulle gambe, ci vuole l'amore. La signora guarda all'altezza del suo Dio, della vita che ha respirato, l'innocenza di quando sei anziano, bambini e anziani sono la stessa cosa. Dobbiamo scendere, la solleviamo. Io Pietro Koch e gli altri verso le scale, nel silenzio di chi non vuole la luce. La libertà è verso la fine, si disinfettano sensazioni che non nascono da te. Sono libero, lontano dalle parole che vanno bene.

Il treno sta arrivando a Milano, le guardie sono schierate per il controllo di chi proviene da fuori, agenti privati che i giornali chiamano contractors. Sulle divise la patacca Rangers, una stella a sei punte e un codice alfanumerico, cordone di pattuglie e reticolati impedisce l'infiltrazione fino al centro.

Chi ha di meno attacca, è così anche in natura.

Il mio zaino è sospetto e vengo da fuori, mi fermano anche se è pomeriggio e mancano parecchie ore al coprifuoco. Uno degli agenti improvvisati lo apre, fruga tra i miei vestiti e un sacchetto che non apre. Tengo le gambe aperte, mentre il volontario mi perquisisce. Alcuni di loro parlano inglese, quelli che stanno filtrando i passeggeri stranieri.

Qualche giorno fa è stata presa di mira anche la galleria Vittorio Emanuele, da gruppi di persone provenienti da Sesto San Giovanni ex-Stalingrado d'Italia. Sono entrati al Duomo e hanno cercato di violare la cripta. Inoltre hanno rovinato le aiuole impiantate e i giardini laterali.

Rosso dietro i palazzi, il tramonto dall'orizzonte che non si vede, più vero di una cartolina.

# 7 giorni all'Expo

## *1*
## *Milano sempre più pronta*

Pietro Koch mi ha mandato un sms, di nuovo grazie per quello che ho fatto. Mi aveva già chiamato, l'aiuto a sua madre lo ha fatto riflettere, sono di nuovo un amico su cui contare. Mi ha anche spiegato la faccenda dei bambini handicappati, è dispiaciuto.

Cammino, posso godermi lo spettacolo, ora che è tutto sempre più nuovo e allettante, a misura di occhi e speranze. Passi senza meta, lungo i tragitti del centro curati e ospitali, città salotto per i giorni che restano. Uomini che hanno più diritto di me a respirare, gioventù, intuizione e talento per diventare esseri unici in questo pianeta fotocopia.

Sulle pagine del giornale gratis c'è scritto che in questi mesi di fallimentare incompetenza la cintura verde non è stata ancora ultimata, la rete di parchi collegati fra loro, il polmone che si doveva estendere a scacchiera sull'intera planimetria, da parco Sempione alla montagnetta. E poi manca ancora lo spazio per le ciclabili promesse ai cittadini, sempre al centro dei programmi elettorali dei nuovi politici, per esaudire le suppliche dei nuovi borghesi dottori manager no global solidali che sono stati a New York, Amsterdam, Copenhagen e hanno visto. Esponete i vostri stipendi, quando protestate e vi scandalizzate per la troppa volgarità e lo smog. I complici dell'inquinamento si puliscono la coscienza, non mangiano la carne e spengono la doccia mentre si insaponano.

La rivoluzione a zero impatto ambientale di Milano resterebbe incompiuta, ma grazie alla manovalanza arrivata dalla Cina i lavori procedono a tempi record.

Scoperchiati i canali di valore storico che ora scorrono per evocare come fosse Milano un tempo, ma senza il fetore dell'antica povertà. Si devono ancora prelevare le piante e la vegetazione da certi parchi naturali in Italia e Slovenia. Si aspetta l'autorizzazione delle commissioni etico-ambientali. Gli alberi secolari e aceri estirpati verranno comunque restituiti ai legittimi proprietari. Fanno scandalo le dichiarazioni di un assessore contro la Slovenia: ha detto che, per com'è messa la loro economia, gli sloveni devono ringraziare di poter lucrare sull'affare.

Tutto è pronto per quegli alberi sontuosi, le fosse per fare spazio alle radici sono già state scavate da tempo. Un grande architetto sostiene che si dovrà praticare una tecnica d'espianto che salvaguardi il ciclo vitale degli esemplari, ma per quanto riguarda l'intero progetto dice di avere seguito una visione.

Tra le novità insperate, c'è l'allestimento del microbosco di fronte al Duomo, con innovativi impianti luce che illumineranno anche di giorno, come s'è già fatto a Berlino, città che aveva la dignità del buio invernale già alle quattro del pomeriggio. Spazio anche all'infanzia, con la proiezione dei ritratti dei bambini così come sono ora e di come diventeranno da adulti. Un prima e dopo dedicato ai valori evolutivi dell'educazione, nessuno morirà più, perché l'immortalità si perpetua non solo con le nascite, ma con la standardizzazione di un piano alimentare che riguardi il mondo intero. Boom di nascite, boom ecologico, boom di tutto. Solita arroganza, restiamo un paese relitto a ogni epoca, la gente non s'illude. L'avveniristica tecnica della pioggia forzata da domani bagnerà Milano. Squadre di aerei spareranno getti di calore che indurranno la disgregazione delle masse vaporose, così da impedire precipitazioni impreviste i giorni dell'inaugurazione. Tutto pronto per il carosello colorato che invaderà le strade, cuore e vitalità che si propagherà dal centro, si fanno già le feste a tema, energie alternative che supportano spazi notturni illuminati a zero impatto ambientale, si distribuiscono magliette di Che Guevara a base di materiali riciclati. Sponsor comunali, le grandi multinazionali che si celano nei marchi innocui, cellule dormienti, cavalli di Troia pronti a entrare nella quotidianità più innocua dei potenziali consumatori. Si parla sempre più di libertà, in queste ore, nella nuova dirompente città al centro del mondo.

Di giorno è facile entrare nel cuore di Milano, mi faccio i fatti miei, sono uno dei tanti tra aiuole e parchi pensili, prati orizzontali, strisce di verde piantate sulle pareti di alcuni palazzi.

Un gruppo di ricchi russi si gode una vetrina, lusingati dalla creatività tipicamente italiana, nella città del bello attorno. Complimenti dico loro, lo stupore è vitalità, perché se ripudi l'entusiasmo vieni isolato.

Sono le quattro di pomeriggio e le acque ancora torbide scorrono lungo uno degli antichi canali navigli scoperchiati. Diventeranno limpide in pochi giorni, sono al culmine le operazioni di dragaggio e pulizia. Inoltre nel pavese, nel bergamasco e lungo l'Adda, sono stati installati impianti di depurazione e si procede anche con la ripavimentazione del fondale con materiale cromatico, concepito per dare luce e riflesso a contatto con l'acqua.

Si aggirano a coppie i ragazzi e le ragazze alla moda, anche loro puntano al futuro, ammirano le acque verdimarroni per tuffi, scherzi e divertimento in prospettiva. Sono addetti alle pr dell'Expo. Le loro basi negli uffici mobili sparsi per il centro, nuovi lavori con il futuro incluso, brunch d'affari con manager stranieri da accompagnare, illustrando il nuovo volto della città. Si raccomanda il personale di tenere sempre alla portata una mascherina da offrire agli ospiti in caso di folate improvvise. Rinverdire il cuore della città, ma anche internazionalizzarlo con l'afflusso di più di duemila comparse di bell'aspetto con una relativa conoscenza dell'inglese che vivranno in residence e alberghi e che passeggeranno, frequenteranno gli aperitivi, ragazzi immagine per una città alla ricerca del futuro.

Nel cuore di Milano puoi anche assistere alla beatificante visione dei vecchini puliti, eretti e che parlano anche loro un inglese decente. Provvidenziale collaborazione delle case di produzione specializzate che organizzano casting per selezionare anziani ad hoc, più presentabili.

## 2
## *Torno dall'uomo dei trolley*

L'uomo dei trolley non fa domande e dice che sono fortunato ad arrivare ora. Sta per spostarsi dalla sua aiuola protetta e non l'avrei ritrovato. C'è un legame spontaneo tra noi. Mi metto a parlare, mostro parole che sono la brochure di me stesso, affinché lui provi appeal per la mia persona. Glielo devo perché è un esempio di apertura e libertà. Rifletto ad alta voce sulla casualità che ci ha fatto rincontrare, prima che lui sparisse, se sia possibile stabilire un paradigma della divinità nell'avverarsi delle coincidenze. Lui considera la questione come un susseguirsi di numeri che delle volte coincidono, un puro fatto aritmetico e quindi senza un significato. Lo guardo negli occhi come non ho mai fatto, perché lui è la persona che sento vicina. È affascinato dalla possibilità che la parola aritmetica voglia dire qualcosa tipo fuori dal ritmo, ma non conosce il greco.

Stiamo raggiungendo un posto più appartato lungo il canale della Martesana, dalle parti dell'ex-accampamento rom. Li hanno cacciati quest'inverno, c'era la polizia con le ruspe, l'uomo dei trolley racconta che era freddo quando li hanno fatti sgomberare e che è brutto quando non sai dove dormire e hai dei figli.

Superiamo le chiuse, forse sono quelle progettate da Leonardo da Vinci, forse è il corso d'acqua sbagliato. Leonardo deve molto alla Lombardia, c'era scritto sul depliant del Comune.

L'uomo dei trolley non parla di questi giorni, né di domani, ma del cielo. Si ferma e appoggia le sue cose alla paratia. L'acqua è pulita e ci si può buttare che fa caldo. Si leva la maglia e pantaloni, si scopre la mostruosità di quando non hai più i comfort, costole e ventre biafra, pallore e sporcizia. Si è già tuffato e anch'io lo seguo, ma non prendo lo slancio che il fondale può essere troppo basso, ci tengo ancora a non farmi male. Il cielo ghiacciato si apre sulle colline che sembrano montagne, il canale ci accoglie, galleggiare è come volare, lui nuota schizzandomi in faccia perché siamo contenti di una sensazione così semplice, in questo momento siamo più liberi di chiunque nei dintorni. Si tuffa ancora e mi abbraccia, mi butta sotto. È tanto che non gioco, io non sono mai stato corrisposto dalle persone libere, sento l'affetto, siamo stati l'inizio di tutto, chiudo gli occhi sott'acqua e mi fermo perché il paradiso è stare sospesi, questo tuffo privilegiato ai confini con la città dove ci si innalza e si odia, oro e sangue, mentre per noi sono i tropici mentali.

Ci asciughiamo all'aria, ma non siamo soli. Ci sono anche loro, gente con l'accento balcanico che sta pescando. L'uomo dei trolley li saluta e applaude, tirano su un pesce che definiscono luccio ma con una sola *c*, nome da calciatore brasiliano, una battuta senza effetto, che rimane lì. Ma va bene perché non giudico e mi sento a mio agio.

L'uomo dei trolley parla della cittadella che stiamo per raggiungere, lì la tenda viene bene, visto che tutti ne hanno una e ci si guarda le spalle a vicenda.

Ancora luce dai distributori di benzina, vigilati dalle guardie giurate, in prossimità di quelle zone da cui partono le minacce al cuore della città.

Una veneziana a brandelli fa da vela da un balcone, come un residuato ancora innescato, il vento è leggero e arriva sempre da nord. Un tempo qui ci correvano, facevano footing fino al parco giochi. L'impianto sportivo è pericolante, le gradinate sono trafitte da travi arrugginite.

Toni, Tony, Toni, non lo chiamo mai per nome, ha con sé una bottiglia di vino impolverata e senza etichetta per qualche grande occasione. Futuro e passato glorioso, nella famiglia che avremmo ancora avuto. Scambi d'affetto. Due persone condannate si capiscono meglio.

L'ha aperta senza cavatappi con un coltello che tiene in tasca. Poche dita di lama, la lunghezza consentita, vino che s'inspessisce in gola. Non sento il gusto, metto le labbra dove le appoggia anche lui. Mi gira la testa perché non bevo acqua da un po', sono disidratato e ho perso l'abitudine. A casa c'era la Sangemini, perché della leggerezza giusta.

Cammina strisciando i piedi e come sempre lo seguo. Superiamo una palestra dai finestroni vuoti e le cyclette rovesciate. Lui era abbonato, conosceva il magazziniere che gli passava gli asciugamani strappati, fino a poco tempo fa ci entrava per farsi la sauna. Si vedono i fuochi, siamo nei pressi dell'ex-campo rom. Un po' di persone, comunità incastrata tra le impalcature dei parcheggi e la radura ancora libera da esperimenti edili.

Irrompiamo nella sacralità macilenta di una grande famiglia stanca che armeggia tra bottiglie, spago, giornali. Ci sono tanti cani, stanno proprio bene all'aperto, ma rischiano il sequestro da qualche assl. Sono liberi anche loro da casa, però non hanno il veterinario e muoiono prima. Il pastore tedesco che avevo da bambino è stato dato via perché abbaiava troppo ed era tanto vivace. Una ragazza con il cappello da montagna porge il biberon a uno dei cuccioli. Più lontano c'è anche una scimmia che zoppica e non salta, sta ferma perché è vecchia mi dice l'uomo dei trolley.

Tra i colpi di tosse, la voce dei sopravvissuti, la fine è sempre negli altri, scienziati pazzi studiano le relazioni umane, fanno esperimenti sulla longevità.

Tutti salutano l'uomo dei trolley, faccio girare la bottiglia della pace, nessuno mi chiede niente.

Il cucciolo nero piscia sulle colonne dove c'è il divieto. L'ho battezzato Rudy, il nome del cane d'infanzia. Carezzo, l'unica cosa che riesco a fare. Non ho ruoli, devo essere prima accettato. Metto in mostra l'affetto per il cucciolo, mi adeguo alle aspettative. Spero di mangiare e non avere freddo, che non piova.

La ragazza con il cappello paraorecchie tergiversa fino a me. Un collo appendice della testa e che affonda nel busto, quel biberon che agita prima dell'uso, il cane si chiama Lefty, non so se con la *y* finale. Ex-donna coperta di strati e vero disagio. Ti trasformi quando la normalità si allontana, sparita dai sì e dai no della quotidianità che salva il culo e dalla fame, ma lei respira e carezza il cane e si emoziona, sorride e cerca la pace. Mi parla del suo cane, che è bravo e bello, lo chiama figlio. Confermo che è un bellissimo cucciolo. Le racconto che ne avevo uno.

Un uomo si avvicina, estraneo alle sue parole e senza volontà. Monta una tenda, lei gli ricorda che non vuole le pietre sotto. Tre secondi ci vogliono e ora raccoglie gli oggetti sparsi a terra. C'è un legame fra loro, lui fa cose per lei, elemosina per lei, raccoglie mozziconi per lei.

L'uomo ha finito e le si siede accanto, gli porgo l'accendino. Ringrazia gentilmente, pochi denti rimasti sani. Non racconto come ho perso tutto, non esisto oltre quei secondi di fiammata Bic. Dal mio zaino tiro fuori un pacchetto di pancarrè.

Mangiamo, metto tutto in bocca, al cane arrivano degli avanzi. La mia presenza sta prendendo corpo, gradualmente e lentamente, come si fa tra animali, tra creature pure che abbiamo dimenticato.

Ho energia e lucidità, resto lì tra loro, ancora condizionato dalle giornate nutrite.

L'uomo dei trolley è seduto, trova spettatori fra i transfughi che si stanno già fasciando nei sacchi a pelo. Sta raccontando di un altro amico speciale, un personaggio scomparso dalle tele locali del Nord. Compariva sullo schermo nelle notti afose, c'erano applausi sperticati, una ex-spalla di Massimo Boldi. L'attenzione è un dono che non ti puoi aspettare in questo campeggio per deportati, attorno ci si prepara all'inverno che è ogni notte. I sacchetti anche se vuoti sono oggetti indispensabili che vengono custoditi sotto le tende, se no arrotolati a dei tubi da impalcatura abbandonati.

Do una mano alla ragazza col cappello da montagna che mi chiede se può tenersi il sacchetto usato per la bottiglia di vino. Lo infila subito nel passeggino nascosto nei vicoli fra le tende. Si sta stretti come animali, ci si difende dal buio. Trascina fuori il passeggino, un modello Chicco arrugginito e sgualcito. Dentro c'è una bambola, ma è un bambolotto appena nato, capelli gialli e croste sulla fronte, pezzi di plastica che sbucano da un panno, la sua coperta.

La ragazza accompagna il bambolotto a prendere aria, ha quattro mesi dice.

Canta una canzone perché deve dormire, ottave coperte di catarro che cercano la mia approvazione.

Il suo compagno mi chiede come mi chiamo, mentre smonta a memoria il fornello da campeggio. Si allontanano entrambi con una pentola sporca da lavare e delle bottiglie. Le mie unghie sono tagliate con cura, chiudo le mani.

L'uomo dei trolley gesticola e interrompe gli altri. Di nuovo un boato, gli aerei che alcuni salutano con gli accendini. Sporadiche le bestemmie contro quei voli antinuvole, ma non il veleno ideologico che mi porto dietro, che sa di sconfitta perché sto affondando. Loro, creature libere, in quei reattori non ci vedono il potere e le spese insensate per la cornice. È solo fastidio, rumore dedicato, prepotenza a bassa quota sul nostro angolo di cielo, sputi e parole contro chi fa casino. Ci sono anche gli elicotteri dei carabinieri, siamo al culmine dei preparativi Expo che qui però non arriva e non esiste.

Le lampade a olio devono restare abbassate, ci si adegua alle disposizioni nate dal buon senso. Buio per non segnalare la presenza ad altri sbandati di cui non si conoscono le intenzioni.

Il compagno della ragazza imbottita è contento di essersi procurato una Peroni stratificata di polvere appiccicosa, tiene stretto il tesoro e lo passa a pochi. Con la disidratazione gli effetti aumentano, ci si sente male, la normalità è non stare sufficientemente bene. La salute è una dote che devi poterti permettere e mantenere.

Apro la tenda, tutti qui ne posseggono una, single o coppie. Mi spetta un angolo senza alberi.

L'uomo dei trolley è più in là, vicino al canale. Lui mi ha detto che tutti qui sono già prigionieri, che quando sono in gruppo gli uomini ricreano ruoli e dinamiche impositive. Chi sta sopra, chi sta sotto e altre considerazioni così scontate. Per pisciare devo dirigermi oltre il quadrato delle tende perché se no poi c'è puzza e si lamentano.

La ragazza imbottita mi viene a salutare, dice che porta a dormire i suoi piccoli, si raccomanda di avvisarla se ho bisogno. Ma non se ne va. Resta lì con la voglia di altre parole. Ipotizza il bel tempo per l'indomani e che qui attorno ci siano le fragole selvatiche e gli scoiattoli, ma loro non li uccidono come quelli di prima. Mi dice che i rom se ne fregavano quando il sangue degli animali restava sul terreno. Gli animali hanno uno spirito, vanno in paradiso e credono in Dio come noi, annuisco e ascolto con l'interesse che s'aspetta. Dice che la sorte è comandata dalle nostre azioni quotidiane, che lei cerca sempre di fare del bene, che se non ce lo si fa tra di noi è la fine. Devo sapere che la fortuna in questo villaggio è sempre una buona compagna. Mi chiede se ho un numero fortunato e le rispondo di no. Mi fa promettere che ne troverò uno, meditato col cuore. Strappa un pezzo di carta da un notes e me lo dà. Mi augura la buonanotte.

# 6 giorni all'Expo

## 1
## *Mangiare*

La batteria del cellulare è scarica e mi sento ancora più isolato. Non ho mangiato e sto sdraiato in tenda. Non mi allontano da qui, il campeggio abusivo che non piace agli abitanti della zona, forse ho la febbre, a volte è per la stanchezza, e che accumuli tensioni. Oggi c'è il sole e fango dappertutto che stanotte ha piovuto come da programma. Ti raccontano storie di sopravvivenza e un passato competitivo, di qualcuno so il nome e qualcosa su quello che sapevano fare. Alcuni hanno ancora dei biglietti da visita, anche uno con un lavoro simile al mio, esperto in dem, le mail da mandare ai clienti dei grandi marchi.

La ragazza col cappello imbottito viene da me. È stata vittima di un affidamento, dice, ma il giudice deve ancora stabilire a chi spetta la potestà genitoriale. Non si fida del mio dirimpettaio, abbassa la voce fino a farla scomparire. Anche il figlio di plastica è con lei, lo tiene in braccio e sta dormendo, me lo fa accarezzare. Gli occhi del suo compagno sono su di noi, è steso a terra e beve.

Ci dirigiamo alla pozzanghera dove vuole fare giocare il figlio. Si fa una sigaretta con l'avanzo di tabacco Samson. Nascosta dalla visiera imbottita, gocce di sudore sul collo.

Afferra il pezzo di plastica dal passeggino, ci vuole delicatezza. Gli leva il vestitino, c'è la cassa del miniamplificatore, di quei modelli capaci di dire mamma.

Gli piace l'acqua mi sussurra, siamo fatti di liquidi, conosce la percentuale giusta degli adulti e dei più piccoli. L'incanto della sua nostalgia procreativa è bruscamente interrotto dallo scheletro di una risata che diventa tosse. La voce sdentata di uno che vuole una sigaretta, la sua pelle gonfia di eritemi, giovane come la sua ragazza piegata su se stessa. Ridono della scema col bambolotto in braccio e anche di me, ci puntano il dito. Dei cani con loro, cuccioli perfetti, quei musi rotondi che si raccontano ai bambini e le zampe appoggiate sugli zaini.

La ragazza imbottita mi prende la mano, andiamo via da quei due, calpesto senza volere i loro stracci e mi insultano. Ci siamo lasciati dietro i ragazzi con la A dell'anarchia sulle maglie, i punkabbestia che sono sempre stati lo strumento per condividere indignazione con mia moglie. Le dicevo che non bisogna dare niente a quelli, perché se rifiuti la logica capitalista non puoi pretendere soldi dagli inquadrati che si sbattono tutta la giornata. Era come parlare bene di noi due, lei in qualche modo annuiva e ci si sentiva in sintonia.

La ragazza imbottita bisbiglia all'orecchio del bambolotto che dovrebbe ringraziarmi per averlo difeso da quei due. Mi prende di nuovo la mano e mi chiede se ho scoperto quale sia il mio numero fortunato. Parto da lontano, le rispondo che mi sto segnando le cifre, che ancora devo trovare quella che ho veramente dentro. Lei è soddisfatta per la mia sensibilità, mi dà un bacio sulla guancia.

Degli uomini sono arrivati al campo su pulmini shuttle Hammer verde pisello, brandizzati Maya Resort: squadre con la pettorina dello stesso colore e la scritta *Maya Resort Security*. Hanno sistemato le transenne, un perimetro divisorio che sprofonda tra i rovi e la spazzatura di questo avanzo di natura. C'è anche uno degli ex-buttafuori del Plastic, c'è da proteggere l'incolumità del carico di passeggeri che sta saltando giù dagli shuttle. Rumorosi e paonazzi, pance e culi larghi, sono tutti su di giri. Uomini e donne che ridono e gridano in russo.

Mi avvicino allo sbarramento, l'ex-buttafuori scopre che sono io. Si leva il cappello e mi stringe la mano, forse imbarazzato. Non chiede come me la passo. Cerco di stare eretto e spero di non puzzare da dare fastidio.

Mi racconta cosa sta per succedere. Non è softair, ma paintball.

I miei nuovi compagni mantengono la distanza, neanche l'uomo dei trolley si avvicina. Mi guardano, ci guardano. La security presidia il tavolo con il buffet che viene riempito di cibo che nessuno sta mangiando.

Gli spari sono iniziati, sputi d'aria compressa e le corse sguaiate dei partecipanti alla guerra colorata, rotolano sporchi di inchiostro blu e anche rosso. Il sangue versato per ora è più rosso che blu, sta vincendo la squadra blu, tutti tengono per i blu. Indico all'ex del Plastic la mia nuova città e i miei nuovi vicini. C'è sarcasmo sul destino da parte mia.

L'uomo dei trolley si avvicina, è diffidente e sorpreso. Chi può parlare alla pari con uno della security e con qualsiasi esistenza precaria si guadagna il rispetto.

Ne avranno per qualche ora, sono turisti a cui l'albergo ha organizzato il pomeriggio degli spari paintball, ma questa volta non si pretende l'iperrealismo, è solo un gioco. Sono russi e il tema è la guerra terroristica, in pullman si sono divisi in squadre.

Alla terza chiazza di colore esci fuori, sono frazioni di un quarto d'ora con rivincita e bella.

I concorrenti eliminati possono favorire del catering, pizzette, salmone, vino di marca che ora viene schierato sul tavolo.

Le transenne contengono la folla dei disperati che puntano al cibo, chi ha fame è indifferente alla guerra. Gli esiti di chi cade dipendono dalla pace. I rampolli dell'ex-partito sovietico ignorano quelli che brancolano ai margini, lo facevo anch'io, lo facevamo tutti. La vita è imprevedibile.

Gli affamati premono alle barriere, ma le guardie hanno i manganelli, l'ex-buttafuori ha smesso di parlare, respingono i più insistenti, le regole sono regole.

Scoppia una discussione tra due dei contendenti colorati che poi diventano tre, spinte e minacce senza sottotitoli, i fucili coi serbatoi cadono a terra e spandono vernice rossa e blu che si mischia nel fango. Il turista grasso e rasato con la scritta *Checenya* sulla tuta recupera un'arma e spara da distanza ravvicinata e il suo rivale rotola per terra urlando. Accorrono i compagni, le guardie abbandonano le transenne e intervengono per sistemare e rappacificare.

Via libera per l'invasione famelica diretta al tavolone imbandito che per la foga e la fretta viene rovesciato. Un cecchino dei blu inizia a spararci, un proiettile mi colpisce al polpaccio e non fa così male, rivoli appiccicosi dentro gli scarponi. Anche i suoi compagni e contendenti puntano le armi su di noi e iniziano il nuovo gioco del tiro al barbone. Prevede che noi ce ne freghiamo e mangiamo tutto, mentre loro possono spararci.

Le guardie intervengono nei modi più gentili possibili, non va fatto, it's forbidden. Alla fine convincono i turisti esausti e soddisfatti a risalire sul pullman. Ci salutano, alcuni lanciano verso di noi il cibo distrutto, le fette rimaste, sono traiettorie gentili come si fa allo zoo.

L'ex-buttafuori mi dice di aspettare. Ci vuole lasciare gli avanzi integri. Mi informa anche del lutto che ha colpito Pietro Koch, tutti se lo aspettavano e pare che lui non potesse più comprare le medicine. Tra due giorni ci sarà la cerimonia d'addio, invitati solo quelli del bar. L'ex-buttafuori aggiunge che Pietro Koch è in cerca degli esplosivi per pareggiare i conti, anche sua madre è vittima di Milano avida che stavolta pagherà.

# 5 giorni all'Expo

## *1*
## *Incidente*

Io e l'uomo dei trolley siamo tornati in città, non ci sono mete. Secondo lui la ragazza imbottita ha perso la testa per me, è cambiata in meglio da quando ci sono io.

Dice che devo farla sognare, che la vita in terra è un quadro da interpretare come i nostri tuffi dell'altro giorno. Nella vita puoi galleggiare, pure se ti senti sommerso. Anche lui vorrebbe in fondo un'altra moglie come la prima, per riprovare e arrivare a trovare una pace anche di comodo, perché la gioia nasce dalle cose semplici e apparentemente banali.

L'uomo dei trolley dice che non è importante legarsi a una donna, quanto far sì che le parti femminili di ciascuno di noi si possano relazionare.

Gli chiedo del bambolotto di plastica e dell'affido che l'ha segnata. Si distrae, tentato da un tuffo nel canale che scorre dietro al Duomo, ma oggi è pieno di poliziotti e vigilanza.

Gli agenti tengono lontani i curiosi. Stanno vagliando cause e dinamiche del nuovo increscioso incidente a piazza del Duomo. Un addetto al mantenimento delle piante carnivore derivate si è lesionato seriamente la gamba mentre era impegnato nella pulizia della gabbia di protezione. Il morso gli ha quasi reciso l'arteria provocando un'emorragia, per di più è il secondo operaio che viene ferito.

Passa una volante che scorta un'auto blu, sono quelli della Regione. Un cordone di uomini del corteo improvvisato inizia a inveire, fronteggiati dalle guardie private che minacciano i giornalisti che fanno le riprese.

Le proteste sono dirette alla giunta, ai responsabili dell'Expo, al nuovo regime colpevole della malagestione dei lavori. L'altro ieri un bambino è caduto in una delle buche ancora in attesa degli alberi da impiantare.

Curiosi che si avvicinano, la folla preme non più per vedere, ma per contrapporsi agli agenti, un telo di plastica colorata ricopre la chiazza di sangue.

I rappresentanti delle organizzazioni di categoria vengono fischiati, cori che chiedono verità, pure gli animalisti manifestano. Le piante non si toccano, è per l'uso indegno che se ne fa, vanno portate in Africa, anche se create in laboratorio.

## Dalla rubrica "Voci dalla città di niente", spazio a cura dei lettori del quotidiano free press

"Conoscere di vista una persona ormai è superato"
Michele Pauli, 32 anni

"Soldi contraffatti e sogni che dovevano luccicare, alla fine ci sarà più silenzio. So many feelings i can't escape myself diceva quello troppo triste per esserci ancora"
Alioscia Bisceglia, 43 anni

"Ci trovavamo dietro alla Graceland di San Lorenzo e c'era posto per tutti"
Roberto Wildbob Ragoo, 45 anni

"Quando mi irroro tra gli schiavi d'acciaio dell'ora di punta, Milano prende un senso mistico. Pedalo e produco eroismo e penso all'attimo dopo proprio dietro al sole bello. Milano senza gli eroi del nulla è niente"
Andrea Lavagnini, 40 anni

# 4 giorni all'Expo

## 1
### *Cerimonia*

Aspetto gli altri di fronte al parco Monte Stella, zona non interessata dai festeggiamenti, ma sempre al centro della polemica per le troppe buche ancora scoperte. Striscioni attorno alle vie denunciano la situazione pericolosa, nonostante l'ampliamento delle reti di protezione e i cartelli di pericolo a norma europea, integrati da ideogrammi per bimbi occidentali.

Ieri ho sentito Pietro Koch per comunicargli il mio dolore e che gli sono vicino, mi ha ringraziato e dato appuntamento qui. Sono arrivati in una station wagon mai lavata, c'è anche il supplente, gli ex-buttafuori del Plastic e altri che non conosco, il bar in qualche modo va avanti, fucina che alimenta materiale umano e nuovi alleati.

C'è compostezza, si passano una birra e me ne arriva un sorso. Prima o poi doveva succedere, la madre di Pietro Koch era malata da tanto. I vichinghi inumavano i cari sulle navi a cui davano fuoco, gloriose pire galleggianti, mitologie svendute alle gradinate dell'eternità, l'onore e la lealtà verso gli amici.

In questo momento gli abbracci sono partecipi per Pietro Koch, perché noi non siamo animali e la famiglia sostitutiva accudisce il fratello ferito. Il senso della sua decisione, concedere alla madre le radici della sua infanzia, seppellirla nel luogo che ha raccolto le macerie della città popolare in cui è cresciuta e ha faticato per una decenza dignitosa, il sacrario dimenticato che è diventato una ridente collina per il footing, il relax e le puttane. Pietro Koch ora piange per lei che l'ha messo al mondo, condannata alla casta minore fin dalla nascita, gli schiavi che hanno costruito le piramidi sono con lei, si fanno forza e marciano insieme per distruggere la fortezza vuota. Ogni vita viene oltraggiata dai politici del momento, dall'ingordigia di chi ha vinto la scalata, nonni responsabili di una guerra da cui hanno guadagnato e che hanno tramandato il loro potere ai figli e ai nipoti, niente cambia. Solo quelli che dimenticano raggiungeranno il sotto-benessere scacciapensieri, perché la positività fa produrre e mangiare. Gli arrabbiati sono nati per resistere da soli e morire prima.

Quando la madre ha avuto l'attacco, Pietro Koch aveva già sospeso le cure troppo costose, non poteva permettersele dopo la multa e il divieto.

Pietro Koch giura vendetta, punta il dito alla città, ai criminali perbene barricati nei loro quartieri residenziali a prova di reietti, coi loro soldi in eccesso si potrebbe sfamare e curare la gente, regalare sorrisi. Ma la loro festa verrà rovinata perché lui ha la forza della disperazione. Pietro Koch dichiara guerra, un testamento in diretta. Farà la festa alla festa di Milano, ma noi non dobbiamo seguirlo, perché lui è il vento divino e grida banzai e sputa verso la Madonnina, quel veleno pieno di guglie pagherà caro. Il Duomo ora è visitabile in via del tutto eccezionale anche di notte. Pietro Koch vuole colpire col buio, la rinascita partirà dalle fiamme, con l'ausilio dei media ci sarà risalto internazionale. Assisteremo alla sua scalata al cielo, legge un libro invisibile Pietro Koch, il dolore è rabbia, adesso s'inginocchia e affonda le mani nella terra ancora umida, la catarsi del suo dolore impone che uno, due, tre, quattro di noi si avvicinino per farlo rialzare e porgergli le braccia fraterne. Le parole dei consolatori s'incastrano al suo sfogo dirompente. Gli anziani delle tribù indiane dei film che vedeva con sua madre quando si sentivano agli ultimi giorni si allontanavano dal villaggio per andare a morire nei boschi.

Neanche lui vuole vivere in queste condizioni, preferisce incontrare il destino per poter essere ricordato come uno che ha dato priorità agli ideali, un uomo coraggioso che ha messo a repentaglio la coscienza. Solo gli eletti percorrono i territori dolorosi.

L'ex-buttafuori del Plastic è già al lavoro, usa le tronchesi, sta praticando un varco nella rete di protezione che possa far passare senza impedimenti il corpo della donna. È partito dal basso, uno squarcio longitudinale per evitare che la tensione provochi l'effetto fionda. Il buio sta arrivando, ora possiamo iniziare ad accedere all'area delle buche e dirigerci verso la numero quarantacinque, come indicato sul cartello apposto dai tecnici botanici che lì impianteranno l'albero corrispondente. Pietro Koch ha scelto la fossa quarantacinque, come millenovecentoquarantacinque, l'anno che segna la fine del passato e l'inizio delle menzogne virate al bello, stare zitti e viva il futuro. Pietro Koch e altri quattro stanno trascinando il cadavere sigillato in strati di cellophane. Anche se ci fosse qualcuno non dobbiamo preoccuparci, chi vive in questo parco, dice Pietro Koch, è solo un disperato che si fa i fatti suoi. Comunque fa segno a quello in macchina di spegnere gli abbaglianti, non ne abbiamo bisogno, bastano le nostre torce.

Sprofondo nella fossa con gli altri, tra il fango, i sassi, le schegge di piastrelle e lattine recenti, gli addetti al feretro scendono a fatica, scivolano, ma lei è salda sulle loro spalle.

Abbiamo già iniziato a spalare sul fondo della buca, tra qualche giorno le arriverà il caldo abbraccio delle radici di un grande esemplare della famiglia delle Aceracee.

Lo spazio per depositare il feretro non è ancora pronto, fango e materiale frantumato dal tempo ci schizzano addosso, diamo in pasto alla terra per ricevere, lì sotto troverà pace la povera donna, restituita alla storia che ha vissuto, alle memorie anonime sepolte.

L'ex-buttafuori del Plastic prende precauzioni, misura il dislivello. C'è la possibilità che continuando a spalare possa cedere l'imbragatura in iuta che assicura gli argini della buca scavata dai botanici. Ha studiato all'agrario, la sua famiglia aveva la terra. Seguiamo le sue indicazioni, il terreno è friabile e bisogna stare attenti, scavare perpendicolarmente per garantirci l'incolumità e non restare sepolti. Pietro Koch scava più degli altri, da solo basta e supera gli sforzi del gruppo. Le interiora del mondo ci accolgono e ci vorrebbero tenere, perché ora qui, in questo momento, siamo noi l'umanità sopravvissuta.

Pietro Koch infierisce con la punta della pala, strati che senza luci non distingui, adesso possiamo depositare la salma, anche io la afferro da un lembo di cellophane, ci tengo perché questo è il rispetto. Un tonfo sordo e ricopriamo il buco. La terra se la riprenderà.

Dopo la cerimonia Pietro Koch mi ringrazia, anche per le referenze alle sue ex-ragazze, quelle telefonate in cui ho detto che Irina e Natasha si alzano presto e che i miei si erano affezionati. Signora stia tranquilla, signore stia tranquillo, si troverà bene, le buone parole di un italiano per convincere altri italiani ad assumere badanti straniere.

Tutto finito per lui, proprio quando stava risalendo Pietro Coccoreddu sparirà dalle luci. Mi porge cento euro, il minimo per tutto quello che ho fatto. Siamo pari, cresciuti nello stesso feto, nella città in cui il cielo cade ogni giorno.

# 3 giorni all'Expo

## 1
### *Il bambolotto è sparito*

Il bambino di plastica è scomparso. La ragazza imbottita continua le ricerche da ore, aiutata dal suo compagno. Controllo attorno alle tende, anche l'uomo dei trolley sta cercando. Dice che è importante aiutare le persone in grado di incarnare la propria visione. Per lui la ragazza imbottita è dotata di una sensibilità che le fa vedere il resto delle cose. Insiste che il nostro aiuto è dovuto per consolidare l'energia del luogo. Si starà meglio da queste parti, visto che ora il futuro si presenterà settimanalmente sui furgoni di catering, al seguito dei turisti ricchi che amano sparare. È stato l'ex-buttafuori del Plastic che dopo l'incidente si è inventato l'opzione snuff shooting per i turisti più spregiudicati, con la possibilità di sparare ai barboni che invadono il campo da gioco. Siamo gli orsi di Yellowstone e per mangiare ci facciamo cagare addosso. Ma questa è arroganza dalla mia prima vita, perché quando non mangi te ne freghi della dignità.

La ricerca continua, l'uomo dei trolley vorrebbe che ci spingessimo a perlustrare fra le abitazioni, proprio dove gli abitanti della zona non vogliono che gli sfollati si avvicinino.

La ragazza imbottita implora notizie, piagnucola sotto il sole e cerca colpevoli. Il compagno subisce o forse è il loro modo di stare assieme, ci si adatta al peggio dell'altro, cercando di tirare fuori il buono, l'angelo che è in noi.

Ora viene respinto platealmente, mentre cerca di abbracciarla.

Il bambolotto è stato ucciso secondo lei, oppure rapito da lui e dai suoi complici, assassino gli grida. Il compagno si allontana dalla radura, nessuno lo ferma né consola, perché lei è donna e madre, si comprende che il suo dolore ha la priorità. È disperata e scalcia vendetta.

Le ricerche continuano, il suo compagno ritorna.

Stavano insieme anni fa, poi la droga e tutto il resto.

Lei non vuole che lui la tocchi, mi supplica di ritrovare il suo bambino. La risposta che posso dare è l'ottimismo e la rassicurazione, perché quello è suo figlio e una mamma a cui levano il figlio vive l'inferno. Il paradiso è darle attimi di pace, assicurarle che il bambino sta bene e tornerà da lei. Le dico pure del mio numero fortunato, che è lungo ma ho già qualche cifra che posso rivelarle. Mi sta ascoltando, sono i numeri stellari che ho dentro da sempre, recito con l'intensità che mi rimane per cercare di consolarla, in realtà è l'inizio del mio pin bancomat, astro della mia salvezza in caso di emergenza, ma che non sto più utilizzando perché vivo con quello che trovo e che dà senso ai miei nuovi risvegli.

Piange e mi bagna la spalla, la stringo a me. Il solido sostegno che si vuole credere negli altri, si ha bisogno della speranza. Non mi sono mai riconosciuto nel ruolo di colui che emana protezione, l'ho sempre cercato negli altri, in quelli che mi sembravano più sicuri.

Continuiamo a cercare tra alberi, rami e cespugli, c'è anche il canale. Proprio lì galleggiava, sono riuscito a scorgere il corpo del bambino impigliato alla colonna di un ponte.

L'ho pulito dai detriti, era nudo e scheggiato. Ma ho comprato una bambola da un tabacchino. Tania, la ballerina, che ho subito buttato, perché mi servivano i vestitini della stessa misura e che potessero coprire il bambolotto.

Forse è meglio farlo sparire, la realtà ti deve venire incontro. Il bambino di plastica è morto e così ne fai un altro, uno shock iniziale. Lo infilo in un sacchetto della spesa, lo tengo sotto braccio, attento a non fare scorgere le forme.

Nessuno nei pressi, mi infilo in tenda. Nascondo il bambolotto nello zaino, c'è silenzio, si sta bene. Da lontano il rumore dei lavori sempre più impellenti, perché fra tre giorni inizia il bello. Posso chiudere gli occhi, respiro lentamente e ammiro quello che succede nella vita. Ora mi sento diverso, ho scoperto che sono vivo e che ogni giorno è un giorno in meno.

# 2 giorni all'Expo

## *1*
## *Polizia che scheda*

Hanno vinto gli abitanti della zona. La polizia è arrivata all'alba perché così si sorprendono gli innocenti. Siamo quelli senza case, anche il fatto che non si partecipi agli acquisti di tutti i giorni pregiudica la situazione. Siamo gli inutili, nessuna organizzazione sociale ha bisogno delle persone a spesa zero. La leggenda di Gesù nasce su queste radici. Una persona sfama i poveri incontrati per strada e diventa l'eccezione, colonna portante di duemila anni di credo, fede, croci e tante guerre. Ogni Gesù dà fastidio perché il sistema non prevede ricompense per chi non si dà da fare. Le operazioni di smaltimento si decidono negli uffici, per il bene di tutti coloro in grado di garantire introiti e positività, l'appetito sociale soddisfatto è il valore su cui investire, sono i discorsi che ho imparato dai giornali. Parole, teorie, chiacchiere sagaci, per nutrire l'idea che abbiamo di noi. Quelli del villaggio sono stati spazzati via, senza parole e ribellione, solo grande e disperata fuga.

Un autoarticolato ha trasportato due ruspe, che sono passate sopra alle tende, alle baracche, agli orti mai cresciuti, alle staccionate che delimitavano le latrine improvvisate, ogni forma di civiltà che gli avanzi sociali si erano ricostruiti.

C'erano gli assistenti sociali ad accompagnare gli agenti, si occupavano anche loro di schedare e dirigere lo smistamento umano. L'uomo dei trolley è stato portato via su un cellulare, assieme ad altri. Io sono riuscito a fuggire lungo la Martesana, anche se zoppichi riesci a correre, vince sempre la paura. Resisto, anche ora che sono qua nascosto, notte tra i cespugli dei giardini in cui l'uomo dei trolley spariva dalla gente, perché può succedere che lo liberino e ritorni. Aspetto tra gli alberi che sono qui da sempre, marci e piegati come me, siamo vite in comune, sto immobile sotto la vegetazione che mi dà riparo e calore, qui ci pisciano i cani, gli animali sono innocenti. Era senza trolley quando l'hanno preso, saremo tutti schedati e fatti scomparire, chi non pensa in comune e non condivide metodi e speranze deve essere escluso.

Mi dispiace che un'altra persona scompaia da me. L'imperfezione è motivo di perdite continue, nell'ineluttabile cammino della vita migliore, sono un organismo che implementa ogni istante e si avvicina alla grazia. Il bene si fa alle spalle, non deve renderti protagonista. Un gesto importante nei confronti della ragazza imbottita, proprio mentre fuggivo, disinteressato e a favore dell'umanità ferita. Ora non ho più debiti con nessuno. Cercava ancora il figlio di plastica durante l'arrivo della polizia. Ferma e invisibile in mezzo al boschetto dei rifiuti.

L'ho trascinata tra le frasche più profonde, per evitare che la vedessero. Sono riuscito a convincerla, perché avevo buonissime notizie su suo figlio. E le ho chiesto di chiudere gli occhi affinché l'incantesimo si avverasse, le ho messo tra le braccia il suo bambolotto con il bancomat sotto i vestiti. Mi sono fatto promettere che solo quando sarebbe stata al sicuro avrebbe scoperto il mio numero fortunato, all'altezza del cuore del suo bambino, il pin che in parte già sapeva. Si è fidata di me, le ho mostrato la direzione lungo il canale, così da poter raggiungere i ristoranti etnici abbandonati e aspettare lì qualche ora.

Sono in evoluzione, creatura collettiva che s'interessa del vivere altrui e non vuole possedere. Humus dell'umanità capace di dare vita, ogni attimo in cui voglio bene al prossimo è come se lasciassi un figlio, un erede di vita al mondo. Ho donato l'oggetto più importante a una ragazza sparita dai punti di vista comprensibili agli altri, un numero fortunato che le permetterà di mantenere il bambolotto e comprarne nuovi o forse si farà travolgere dal senso perverso e vitale dell'esistenza, che è dolore immenso e improvvise svolte di nuova speranza.

## Dalla rubrica "Voci dalla città di niente", spazio a cura dei lettori del quotidiano free press

"Mi commuovevo quand'ero bambino e quelli sfilavano sulle auto senza tetto. Credevo fossero astronauti tornati dalla luna. Non ho mai capito se li invidiavo, ma mi piaceva che tutti fossero lì per loro. Spero che anche mio figlio possa ricordare questo giorno. Evviva la festa dell'Expo!"
Giovanni Tanderi, 50 anni

"La canzone che dice siamo poesie della fine, fiori nella spazzatura (Gesù mandava a fanculo chiunque lo idolatrasse)"
Nina Talenti, 36 anni

# Un giorno all'Expo

## 1
## *Tutto esplode*

Ondate a bassa quota, le ali di tanti paesi puntano alle nuvole e poi di nuovo tornano sul profilo della città, il fragore spettrale della distruzione si scaglia sui bambini cresciuti in tempi di pace, la lezione di futuro sta per iniziare. Ma le guerre non ci toccano, niente napalm e uranio impoverito. Nessuno odia abbastanza l'Italia, passiamo ancora per un paese da aiutare. Sta già piovendo, scrosci programmati per decine di minuti. La fine di un'epoca, tutto volge al miglioramento, ci siamo. Manca un giorno all'inaugurazione, ecco l'altra barriera di agenti ai confini con la fermata della metropolitana a Pagano.

I notiziari digitali avvisano che oggi sono in programma altre tre precipitazioni forzate, con la certezza che il cielo si scaricherà di tutta la condensa e così non pioverà dallo scadere della mezzanotte, ora X che darà il via alla speciale Expo Notte Bianca, anche i pezzenti di fuori sono invitati, per l'occasione i posti di blocco resteranno inattivi.

Clima d'attesa ovunque, cerco di evitare gli scrosci dell'acqua dalle grondaie e dai tendoni dei bar, cammino tra cittadini e figuranti, attori e turisti, impercettibilmente tutti uguali e a ritmo, la festa dell'acqua prevede la diffusione delle più famose canzoni dedicate alla pioggia, Raindrops keep falling on my head e dopo Rain dei Beatles che a sua volta preannuncia Purple rain, eseguita da Michael Bublé.

Milano è pronta a stappare e anche Pietro Koch. Cercherà di sfregiare la città, mi ha mandato una serie di sms testamento: *Milano in festa pagherà la sua arroganza/ la notte sarà bianca dalla paura, madonnina piange sangue.* Non voglio che della gente soffra. Telefono al centotredici da uno dei nuovi apparecchi pubblici che subito verrà rintracciato, e racconto cosa sta per succedere. Sto cercando di salvare persone che non conosco, contribuisco alla prosecuzione, all'eternità della specie. Divento immortale, Dio dà la vita alle bestie sulla terra, qualcuno sopra di noi, l'entità che sa cosa siamo, ma il bene è solo il respiro altrui che deve continuare, nessuna croce mi sta influenzando. Pietro Koch è l'umano che sbaglia, che si fa travolgere. Sono tante le persone che soccombono nell'assenza di reazioni, anche lui non riesce a esprimere i suoi colori immensi, sacrifichiamo fiori bellissimi, doti interiori che aspettano l'acqua per crescere e che invece distruggiamo.

Sto segnalando l'azione del mio ex-amico all'agente freddo e gentile che schiaccia tasti e registra. Da prassi deve considerarmi attendibile e relazionare della segnalazione. Racconto dell'attentato, ciò che ho saputo. Svelo i propositi di Pietro Koch, il nuovo ricercato da fermare.

Butto giù la cornetta, la lascio staccata e mi allontano dall'angolo che verrà al più presto identificato.

Anche Pietro Koch l'avrebbe fatto e pure sua madre, la santa povera donna, tocca a tutti la vecchiaia, diventano eroi quelli che scompaiono prima.

Pietro Koch probabilmente immerso tra i tanti visitatori di questo giorno speciale. Possono andare ad ammirare l'innesto di pianta carnivora finita sui giornali, quella dentatura vorace creata in laboratorio a cui nessuno crede. Pietro Koch attende la notte perché vuole che le fiamme si vedano e suggellino in modo ancora più spettacolare l'insuccesso internazionale. Ancora folate d'acqua dal cielo e rombi d'aereo, poliziotti pattugliano le zone, la festa dell'avvento che culminerà con la speciale notte bianca va avanti sotto la pioggia. Accorrono altri carabinieri e militari, si ricerca il kamikaze.

Mi sposto fra le vie salotto di zona Brera. Sono le diciannove, l'ora degli aperitivi in cui ci si incontra davanti a posti che vanno per la maggiore in questa zona non più nelle mani del racket croato. Si può bere ma non ubriacarsi e si celebrano i "No Rain Party" con ballerine cubiste, danzatori abbronzati e belli ad animare temi rimodernati che citano la fratellanza e la pace vegetale di Woodstock. E poi set amatoriali per remake festosi tratti da Bladerunner, che in quella città piove sempre. Tante Singing in the rain dagli altoparlanti. Ragazzi e ragazze con l'ombrello danzano secondo le coreografie.

Oggi Milano è la città che sembra ridare possibilità. Bevi due, paghi uno. Ordino una Coca-Cola, ho ancora sette biglietti da dieci euro.

La polizia si sta allarmando, divise in giro e posti di blocco, l'allarme è gestito con cortesia e discrezione. Almeno una parte di quella navicella spaziale in marmo potrebbe crollare, non più luogo sacrale e souvenir con la polverina bianca che scende. Le guglie verso l'infinito, il risvolto spirituale per quegli epicentri d'energia, ipotizzati davanti all'entrata principale, un'antica leggenda eretta da uomini che mille anni fa cercavano cibo e speravano di non morire di guerre e peste.

L'obiettivo di Pietro Koch che magari cambia idea e ritorna a essere un Coccoreddu qualunque che spera nella riuscita dei suoi affari e compromessi, esempio di quell'orgoglio padano ormai a pezzi. Le persone possono fallire in tutti i campi possibili, i sogni sono finiti, morti perché non ho più potuto nutrirli.

La natura sopravvive e violenta i marciapiedi. Cammino lungo foro Bonaparte, il selciato è deformato dalle radici degli alberi, non ho mai dormito qui, troppo in vista e illuminato, poca vegetazione.

## 2
## *Fango*

Raggiungo la montagnetta di parco Monte Stella. Sarò libero, anche se il Duomo non esploderà. Piove come previsto, pioverà ancora, ma non oltre la mezzanotte.

Il fango mi fa scivolare, ci sono ancora alcune fosse rimaste libere, gli alberi in parte sono stati piantati, questa è l'epoca della rinascita e tutti possono migliorare. Cado e mi rialzo, assaggio la solidità delle reti tutte chiuse, tranne lo squarcio attorno alla fossa quarantacinque.

Ho comprato delle tronchesi dal Bricocenter e una paletta giardino, attrezzi miracolosi più del multi-brugola con cui cercavo di ricucire l'unione impossibile con mia moglie.

Arrivo in cima alla montagnetta e posso scegliere tra i numeri che da qui decrescono. La città sotto la pioggia, che si depura e attende, manca qualche ora.

D'improvviso giunge l'eco dilatata di un'esplosione, fiammate gialle che annegano subito tra le guglie del Duomo. L'attentato del mio amico votato alla fine, Pietro Koch però ha anticipato i tempi e cambiato obiettivi, cercava il sangue dei colpevoli che tra poco si riverseranno in centro per l'Expo Notte Bianca.

Ventitré e quarantasette, trenta aprile duemilaquindici, si sentono le sirene e gli elicotteri illuminano la zona, la bomba è stata inghiottita senza i danni sperati, da qui si vede ancora il Duomo, statuetta illuminata compresa.

La notte bianca che anticiperà i festeggiamenti è stata sabotata, ma nessuno potrà ostacolare la profezia del verde salvezza. Le luci che invitano alla gioia ecosostenibile restano accese, un segnale forte di riappacificazione ai cittadini, nonostante Pietro Koch e quelli come me, non in grado di cogliere il bello che piace e che deve soddisfare, il benessere in cui si riconoscono i sudditi e nel quale la mia vita ha sempre orbitato. Pietro Koch il fallato difettoso si è sacrificato per i suoi mostri e per la mia incapacità di evolvermi, mutare e rinascere quando avrei dovuto.

La città resiste, dopo di noi la gente riempirà le strade per essere di nuovo felice, come non lo è mai stata, potrà applaudire tanta bellezza impacchettata, un invito collettivo a divorare la torta appena sfornata, prima che passi alla storia.

Mi apro un varco nella recinzione, verso le buche che saranno riempite di speranza.

Sono un precursore, che indica la via evitando di coinvolgere gli adepti e mietere vittime. Pago per tutti, per ritrovare il dopo, per adeguarmi al Dio che è la trasformazione, l'evoluzione. Ciò che ti tiene fermo inizia a ucciderti lentamente, l'impotenza diventa rabbia, spesso il dolore ha volti belli.

Sprofondo nella buca numero dieci, centravanti che fa esultare con i gol che mirano a ogni sensibilità, non so niente di calcio, ma tenevo per il Torino, la squadra della sfiga come i Joy Division.

Scavo dove non devo scavare, sotto il terrapieno pronto a colmare il buco vitale. Così può crollare tutto, come ammoniva l'ex-buttafuori del Plastic. La pioggia non smette nonostante le promesse, l'acqua disgrega il fango, una minipalude che mi ricopre fino al ginocchio, tra cocci e foglie marce, non vedo niente, non sento niente, non cerco niente. Le macerie che Pietro Koch ha voluto toccare con mano per ricongiungersi alla malattia della sua famiglia, perché tutto attorno ci sono treni che partono e non aspettano i dubbiosi.

Scavo senza alzare la testa. La politica decide che d'un tratto alcuni non vanno più bene.

È mezzanotte, continua a piovere, in cielo il vero spettacolo pirotecnico, fuochi d'artificio in grado di resistere all'acqua e personale specializzato arrivato dalla Cina, il Duomo e le sue guglie riprodotte per il nostro stupore, traccianti a forma di spermini che restano immobili fino alla fine del cielo.

Scavo ancora, acqua sporca che mi schizza addosso, nessuno mi deve indicare il lato migliore delle cose, troppo tardi, dovevate salvarmi prima, vado verso il domani.

Mi siedo, fango dentro i vestiti, sulla pelle, perché se torni indietro ti dimentichi e cambi la versione dei fatti. Le responsabilità inibiscono le reazioni, vedi morire gente, come nei racconti, la storia è un patto tra i buoni e i cattivi.

Fango e nuvole sopravvissute, pioverà anche domani, dopodomani e quando capita, nonostante i programmi vanitosi.

Siamo puntini nell'universo, come quella foto dal cosmo che mi colpiva e mi faceva stare zitto, quel disprezzo che ho verso le deduzioni intelligenti e riflessive, fango che ricoprirà chi attesta che l'esistenza non contempla fermate, dubbi e dolori. Pioggia fuori programma, gocce d'acqua sempre più pesanti che nessuno può fermare e prevedere. Comunque i fuochi in aria waterproof vanno avanti, si dà spazio alla coreografia cinese, le forme in cielo ora dipingono lo scudo con lo stemma milanese che si trasforma in una ruota che va avanti.

Piove ancora più forte, la terra si squaglia sempre più in profondità. M'immergo, scivolo sul terriccio che cede, sprofondo e cado. Il fango freddo diventa meno freddo se non mi muovo, statua perfetta, la pioggia sempre più fitta. Le musiche della grande festa, ovattate dalla terra e dall'acqua che mi entrano nelle orecchie. Il fango mi avvolge, si infila nel culo. Fare piano, sabbia che penetra nell'intestino. Scoprire com'è, devi aprire l'anima, i botti si perdono. Terra fredda che sfrega e fa male, qui da solo, sempre più giù.

Buca ormai profonda, fango e pioggia che vincono sui fuochi d'artificio.

Sdraiato, l'acqua e l'illusione che salga. Affondo la faccia, è impossibile costringersi a non respirare.

Mollo la paletta, continuo a scavare con le mani, i vermi si salvano quando finisce il mondo. Ricoperto da ex-pavimenti sbriciolati, vite protette tra muri di casa, tutto finisce. Crolli e sangue, l'acqua è fredda, la pioggia continua e favorirà lo sviluppo della nuova vita, progettata dall'unico vero genio che è la natura. Ciò che forse ci voleva dire Leonardo da Vinci.

Respiro a occhi chiusi, penetro nello strato che c'è sotto. Secondi senza respirare e poi riprendo perché ho faticato, perché c'è freddo, perché voglio un posto che si prenda cura di me. Inauguro il mio nuovo corso, consapevole che sto vivendo e vado verso il cuore. Da me nascerà altra vita, l'acqua ha odore dell'acido. Solo stare sdraiato, nessuno galleggia nel fango, la terra mi accoglie, ma continuo a respirare.

Risalgo, mi arrampico sul lembo del cratere, faccio leva per strappare il rivestimento di iuta riciclabile, la terra attorno diventerà la mia grande onda.

Sento delle voci, è gente che cammina, sbandati senza più niente.

Cado, volo giù, sono il tonfo sordo sepolto dal cumulo di terra in cerca di alberi che soffoca e mi copre. Dolore alla spalla, alla schiena, perché sotto il fango ci sono le mura, le ossa, non so più niente.

Fa freddo e non c'è nessuno, la pressione aumenta e mi schiaccia, devo chiudere gli occhi e addormentarmi.

Qui c'era la gente, vittime come noi, bisogna imparare a considerarsi plurali.

La terra ha odore. La terra vive e non va in putrefazione, siamo tutti quadri dell'eternità se si accetta la fine, saremo il prossimo colore e la prossima forma.

I bambini devono vedere il verde e crederci, ci sarà qualcuno che si accorgerà dei fiori, della pianta che nascerà da me.

Sprofondo lentamente, diventerò la vita attorno. Mi devo solo addormentare.

Chiudo gli occhi, ora sto meglio.

# Epilogo

## Il giorno dopo

Dal quotidiano free press del 1° maggio 2015:

"*...l'inaugurazione è stata funestata da un attentato kamikaze, opera di un balordo con precedenti, Pietro Coccoreddu, di quarantanove anni, che è riuscito a filtrare tra i cordoni della sorveglianza che regolano l'accesso al tetto del Duomo. L'uomo è deceduto nell'esplosione dell'ordigno rudimentale senza provocare vittime. La pioggia battente ha evitato la strage, perché in quel momento non erano presenti visitatori. Nessun collegamento con i disordini avvenuti successivamente in tutta la città. Bande di microcriminalità hanno trasformato l'Expo Notte Bianca in pretesto per distruggere e razziare i negozi del centro. Le autorità insistono sulla possibilità di un rinvio, ma non di una sospensione definitiva della manifestazione. Le delegazioni dei paesi ospiti preferiscono intanto abbandonare momentaneamente Milano per motivi di sicurezza. Ieri è stato arrestato un assessore per corruzione. I cittadini devono avere fiducia*".

# Ringraziamenti

Stragrazie a Simone Caltabellota editor e amico. Grazie a Piero Lo Faro che mi ha convinto a iniziare, grazie ai ragazzi del pianeta Reale, grazie a quel tuo discorso Franco Bolelli, grazie a Danilka Rotor per quelle valigie all'aeroporto di Volgograd, grazie a chi mi ha messo al mondo. Rispetto per chi non ha più niente.

SCATTI

* Francesca Lia Block, *Angeli pericolosi*
* Anna Stothard, *Isabel*
* Rebecca Godfrey, *La gonna strappata*
* Roman Dirge, *Lenore. Piccole ossa* (2ª ristampa)
* Roman Dirge, *Lenore. Piccole ossa crescono* (2ª ristampa)
* Christopher Moore, *Un lavoro sporco*
* Eileen Favorite, *Il bosco delle storie perdute*
* Katherine Dunn, *Carnival Love*
* Elizabeth Hand, *Non credere ai tuoi occhi*
* James Fogle, *Drugstore Cowboy*
* Christopher Barzak, *La voce segreta dei corvi*
* Francesca Lia Block, *Echo*
* Libba Bray, *Una grande e terribile bellezza*
* Robert Cormier, *Scomparire*
* Shelley Klein, *Tra di noi*
* Roman Dirge, *Lenore. Ossa e frattaglie* (1ª ristampa)
* Karen Russell, *Il collegio di Santa Lucia per giovinette allevate dai lupi*
* Libba Bray, *Angeli ribelli*
* Lise Myhre, *Nemi. Cuori borchiati*
* Lise Myhre, *Nemi. Amori metallici*
* Christopher Moore, *Il Vangelo secondo Biff*
* Shaun Tan, *L'approdo* (3ª ristampa)
* Donald Ray Pollock, *Knockemstiff*
* Inês Pedrosa, *Senza di te*
* Paul Torday, *L'irresistibile eredità di Wilberforce*
* Perihan Mağden, *In fuga*
* Rebecca Godfrey, *La ragazza che doveva morire*
* Sebastian Fitzek, *Il Ladro di anime* (3ª ristampa)
* Christopher Moore, *Suck!*
* Libba Bray, *La rivincita di Gemma*

* Warren Ellis, *Con tanta benzina in vena*
* Sven Regener, *I berlinesi*
* Christopher Moore, *Fool*
* Shaun Tan, *Oggetti smarriti* (1ª ristampa)
* Roman Dirge, *I mostri nel mio pancino*
* Herman Brusselmans, *Ex Drummer*
* Sebastian Fitzek, *Il bambino* (1ª ristampa)
* Mark Oliver Everett, *Rock, amore, morte, follia*
* Malinda Lo, *Ash*
* Paul Torday, *La ragazza del ritratto*
* Beate Teresa Hanika, *Cappuccetto Rosso deve piangere*
* Joshua Mohr, *Tutto quello che amo in questa vita al contrario*
* Francesca Lia Block, *Pretty Dead*
* Sebastian Fitzek, *Schegge* (1ª ristampa)
* Roman Dirge, *Lenore. Ossa e frattaglie a colori*
* Christopher Moore, *Sesso e lucertole a Melancholy Cove*
* Erik Raschke, *Il libro di Samuel*
* Pia de Jong, *Verso Nord*
* Eva Baronsky, *Il Signor Mozart si è svegliato*
* Marilù Oliva, *¡Tú la pagarás!*
* Dan Simmons, *Drood* (1ª ristampa)
* Alex Preston, *Questa città che sanguina* (1ª ristampa)
* Glenn Taylor, *La ballata di Trenchmouth*
* Robert Cormier, *Tenerezza*
* E.O. Wilson, *Anthill*
* Niklas Asker, *Il giorno in cui non ci incontrammo*
* Sebastian Fitzek, *La terapia*
* Shaun Tan, *The Rabbits*
* Inge Löhnig, *Silenzio bianco*
* Katarina Mazetti, *Il tizio della tomba accanto*
* Donatella Di Pietrantonio, *Mia madre è un fiume*

Stampa
Puntoweb
Via Variante di Cancelliera snc, Ariccia (RM)
per conto di Elliot Edizioni s.r.l.